櫻子さんの足下には死体が埋まっている

謡う指先

紫織

角川文庫
19015

目次

櫻子さんの足下には死体が埋まっている

Characters

九《く》条《じょう》櫻《さくら》子《こ》

骨を愛でるのが大好きなお嬢様。標本士でありながら検死もできる。

館《たて》脇《わき》正《しょう》太《た》郎《ろう》

平凡な高校生。櫻子さんのせいで、奇妙な事件に巻き込まれがち。

ばあやさん（沢《さわ》 梅《うめ》）

櫻子の世話係。料理上手で聞き上手。

内《うつ》海《み》洋《ひろ》貴《き》

交番のお巡りさん。正太郎の知り合い。元気で明るい性格。

磯《いそ》崎《ざき》 齋《いつき》

正太郎のクラスの担任。生物教師。残念な性格の美形。

鴻《こう》上《がみ》百《ゆ》合《り》子《こ》

正太郎の同級生。明るい性格だが、祖母を喪ったトラウマを持つ。

花房《はなぶさ》　蝶形骨を集めるシリアルキラー。現在行方不明。

千《ち》代《よ》田《だ》薔《しょう》子《こ》　櫻子の許婚の従姉。櫻子とも親しい間柄。

イラスト／鉄雄

プロローグ

僕が『ウルフ』に会ったのは一月の後半、朝から空は真っ青な快晴で、放射冷却現象のせいで、一日中キリキリと冷えた、今年一番の寒さと言われた日だった。

授業が終わり、朝ほどではないにせよ、外に出るのが嫌な放課後。お祖父《じい》ちゃんの家にそのまま行くために、僕は学校から少し離れたバス停を目指して歩いていた。

深く息を吸うと、鼻の中がヒタっと凍り付きそうだ。僕はマフラーの中に鼻を埋《うず》め、少しでも顔が風に晒《さら》されないよう、幾分屈《かが》み気味に歩いた。そんな僕の目に、赤い、幾つもの滴が目に入る。

「……血？」

真っ白な雪の上に、ポタポタと真っ赤な血が滴っていた。

ぞっとするようなコントラストの赤は、紛れもない血の色で、それは歩道から少し外れた、枯れた笹の茂みへと続いていた。

「誰か……いるんですか？」

震える声で、僕はそっとパリパリになった笹藪《やぶ》をかき分け、覗《のぞ》きこんだ。なんとなく、気配のようなものがした気がしたからだ。だけど、声をかけても返事は無い。

僕の思い過ごしだろうか？　多分血は、きっと転んで怪我をした人が、ここで少し休んだとか、そういう事なんだろう。今日は寒さで、道もツルツルだ。僕はそう結論づけて、歩道に戻ろうとした。

――グゥルルルゥ……。

その時僕の耳に、低い唸《うな》り声が響く。

慌てて足下の笹を除《よ》けると、そこには一匹の狼が居た。いや、狼の筈《はず》は無い、多分犬だ。だけど狼のように精悍《せいかん》な顔つきをしていて、灰色で、サイズはヘクターよりも大きい。

「あ……」

その狼は、前歯を剝《む》き出しにして、僕を激しく威嚇した。怒っているのがわかる。襲われる――!?　思わず僕は後ずさった。

だけど、狼は僕に飛びかかりはしなかった。

「……怪我、してるの？」

僕は、狼に思わずそう声をかけてしまった。狼の前足がざっくりと裂け、血が流れているからだった。

狼は、僕が何もしてこないと判断したのか、そのまま傷口を舐《な》め始めた。その度、血が雪を濡《ぬ》らす。怪我をして間もないらしい。見るからに痛々しい傷が、僕の目に入る。

心配で、せめて何か手当てしてやろうと僕が近づくと、狼は僕をまた威嚇した。無理もない、怪我をしているんだ。だけどこのまま放っておけなかった。だから僕は少しずつ、狼との距離を縮めていった。時間をかけて。狼が僕が敵ではないと納得するまで。

三十分とか、そのぐらいの時間はかかっただろうか。

時折吹く風に、笹がカサカサと乾いた音を立てるだけの、静寂の時間が過ぎた。

足先や指先がかじかんで感覚がなくなり、頬がヒリヒリする頃、やっと僕は狼の隣に座ることを許された。触ろうとすると嫌がられはしたけれど、少なくとも狼は僕を威嚇することはなくなった。

でも、大きな体を抱きあげて病院には行けない。助けを求めた相手は担任の磯崎《いそざき》先生だった。僕は彼の車で狼を動物病院へ運んだ。

案の定、足の傷は手当てをしなければ、狼の命にも関わる怪我だったらしい。

狼の品種はアラスカン・マラミュートと言って、犬ぞりを引く犬だと教えられた。でも僕にとって、その犬は狼だった。だから僕は狼をウルフと名付けた。

後から雌だった事に気がついて、もっと可愛い名前にしてやれば良かったと思ったけれど。

ウルフの傷は手術が必要だった。だけど治療のかいあって、彼女は無事また立ち上がれるようになった。回復も早く、入院も短い期間で済んだ。母さんに頼み込んで、ほとんどなし崩し的に、ウルフは僕の家で暮らす事になった。

だけど、ウルフはちっとも懐かなかった。

無邪気で朗らかなヘクターとは大違いで、一言も吠《ほ》え声を洩《も》らさず、怪我が完全に癒《い》えていないこともあって、いつも部屋の隅でうずくまるばっかりだ。

頭を撫《な》でようとすると、フイっと顔を背けられた。それでもしつこく深追いすると、うーっと低い声で唸られた。攻撃的ではなかったけれど、母さんはウルフを怖がった。

だけど僕はそんなウルフに、少なからず愛情を覚えていた。

ウルフが、なんとなく櫻子《さくらこ》さんに似ている気がしたからだ。

ウルフは、決まって夜、僕の部屋で眠った。ドアの側のクッションで。

なんとなく視線を感じて顔をあげると、ウルフはじっと僕を見つめていた。見守ってくれるように。

来客があると、必ず僕よりも先に玄関に向かい、安全な人だとわかるまで、頭をじっと低くして唸った。

そして彼女の大好きな豚耳をあげた時だけ、少しだけ尻尾《しっぽ》を振った。

今は無理でも、時間をかければ『僕の犬』になると思った。

一緒にいる時間さえ長ければ、触れさせてくれるって、そう信じてた。

だけど獣医さんが、傷はもう大丈夫と太鼓判を押してくれた翌日、ウルフはフラっと居なくなってしまった。

郵便屋さんが来た時、開いていたドアを通り抜けて。慌てて追いかけたけれど、間に合わなかった。

ウルフはそのまま消えてしまった。僕に触れることを許さないまま。僕を一人だけ残して。

それっきり、彼女は帰らなかった。

夜、僕を見つめる瞳《ひとみ》はもうない。

第壱骨　Bloody Valentine's Day

■壱

北海道の冬は暖かい。

勿論《もちろん》外は極寒の冬で、特に二月の旭川《あさひかわ》は一年で一番寒い。最低気温は平均で約－13度。だけど過去には－41・0度を記録したこともある。最高気温も氷点下なので、一日中寒い。天気予報で、最高気温が1度なんて聞くと、「今日は暖かいね！」なんて笑いが洩れる程だ。

だからこそ、室内は暖かい。けっして贅沢《ぜいたく》をしている訳ではなくて、温めておかなければ、夜中に水道管が凍って破裂してしまうからだ。

そして寒い時間だけ温めるというのは、あまり効率がいいことではないらしい。幸い建物の気密性はいい。一日中冷めない程度に温めて、夜中の寒い時間に備えるのだ。なので結果的に、日中は室温が20度以上なんてのも珍しくはない。お陰で北海道は冬にアイスがよく売れるなんて揶揄《やゆ》されてしまう。

この時期、光熱費の高さはどこの家庭も死活問題だ。だけど水道管が破裂してしまう方が手痛い出費なので仕方がない。

……と、わかっていても、冬の、それも外がそれなりに吹雪《ふぶ》いている日に、ブレザーを脱ぎ、それでも額に汗をかいて作業をしていると、なんとなくコレジャナイ感というか、いいのかなあ……という罪悪感を覚えないと言えば嘘になる。

とはいえ、寒いのはやっぱり嫌だ。それにこの汗は労働の汗である。けっしてだらだらして、暖かい訳じゃない。

「うん、いいね」

担任の生物教師・磯崎先生が、僕の手の中のアクリル樹脂を見て、そう嬉《うれ》しそうに頷《うなず》く。

「この作業、どうにかならないんですか？」

朝、ぽっかぽかに暖められた理科準備室で、僕は必死に紙やすりを動かしていた。

僕の手の中のアクリル樹脂は、四角い形で、中には小さな小鳥の骨が封入されている。

授業の教材用に、磯崎先生は今、骨格標本の一部をこうやってアクリルで固めて、使いやすい形に変えているのだ。

ただ、樹脂で固めた標本は、その表面を丁寧に細かく、やすりとコンパウンドで磨いてピカピカにしなければならないらしい。それも、手作業で。

「グラインダーを使ってもいいんだけど、やっぱり仕上がりが雑だし、振動で標本と樹脂の間に剝離《はくり》が起きてしまったり、標本そのものに劣化が生じることがあるんだ」

「じゃあ、やっぱこうやって一つずつ磨かなきゃ駄目なんですか？」

「そ」

「でもこれ、手も痛くなるんですけど」

「だよねえ」

知ってるよ、と言って先生が頷く。だからといって手伝ってくれる意思や、作業を免除してあげようという気は毛頭ないらしい。

「…………」

思わず、僕の眉間《みけん》に皺《しわ》が寄った。

「何か、文句でも？」

「いえ……ただ思ってたよりも……辛《つら》いだけです」

最初、手伝うように言われた時は、ここまで大変だと思わなかった。なにせ本当に何種類もの目の細かさのやすりを使って、丁寧に、根気よく、ちまちま延々と続けていかなければならない。

僕の中のいろんな物が摩耗していく作業だった。おざなりが許されるほど簡単でもなければ、雑にも出来ない。この精神的な疲労は、これから一日受けなければならない授業にすら影響が出そうだ。

「僕も……思ってたより大きな出費だったけど」

だのに、固まったアクリル標本を、シリコン型から慎重に抜き出しながら、ぽつりと磯崎先生が呟《つぶや》いた。僕の手が一瞬強《こわ》ばる。

「わかってますよ！　だから手伝ってるじゃないですか！」

僕は先月、ウルフという野犬を保護した。怪我をしていた彼女は、病院で手術が必要だった。磯崎先生は、僕が彼女を責任持って飼うことと、そして僕にこの標本を作る作業を手伝うのを条件に、治療費を負担してくれたのだ。

残念ながら、前者は守れなかったんだと思う。だから後者だけでも、僕は約束を守らなければならない。

「そう、じゃあ宜《よろ》しくね」

にっこり、先生が口角を上げ、笑顔で言った。でもその目は全然笑ってない。

「あと……いったい何個作るんですか」

思わず泣きそうな声で僕は言った。

「さあ、何個かなあ。知ったところで数は変わらないんだから、知らなくていいよ」

「…………」

大人は狡《ずる》い、無情すぎる。僕はアクリル粉のせいで溜息《ためいき》をつくことすら許されない中、救いを求めるように宙を仰いだ。勿論、誰も助けてなんてくれないけれど。

そんな訳で、ここ数日僕は早朝、放課後と、理科準備室で磯崎先生に拘束されていた。

でもまあ、先生のお陰でウルフは一命を取り留めたのだ。大いなる力には、大いなる責任が伴うって、ヒーロー映画でも言っていたっけ。

仕方ない。素直に感謝して、しっかりと作業をこなそう。先は本当に見えないけれど。

「……ウルちゃん、相変わらず帰ってこない？」

「はい。動物愛護センターにも、問い合わせはしてるんですけど」

また怪我をしたり、誰かに攫《さら》われたりしてなきゃいい。勿論、新しい飼い主が見つかって、幸せに暮らしているなら……それはまあ、仕方ないし、良かったのかもしれないけど。

「まあ、縁があればまた会えるよ」

縁があれば、か。僕はその言葉に微笑んだ。そうだったらいいと、心の底から思う。

「そっか……」

「あ、館脇《たてわき》君！」

朝の作業を終え、自分の教室に入ろうとした僕を、廊下で急に呼び止める声があった。

「おはよう、鴻上《こうがみ》」

「良かった、鞄《かばん》はあるのに、どこにいるのかわからなかったから」

誰かと思えば鴻上だった。今日はいつもよりスカートが短い気がする。しかも普段の黒いタイツじゃなく、ニーハイソックスだ。思わず目が奪われそうになって、僕はぶん、と顔を横に振った。

「どうかした？　また、何かあった？」

「何かって……館脇君こそ、どうかした？」

「え？　いや……」

まさか、その絶対領域に目を奪われたなんて言えない。

「ただ冬にその足、さすがに寒くないのかと思って……」

だからつい、誤魔化すようにそう付け加えると、鴻上はむっとしたように眉間に皺を寄せた。

「別に、このぐらいで風邪なんか引かないし、ご心配なく。登下校の時は、中にジャージをはきますから」

なんてことないように鴻上は答えると、紙袋を胸に押しつけてきた。

「これ、この前借りた本」

「ああ……面白かった？」

「うん。それでね、今日の放課後なんだけど、時間ある？」

「あー……ごめん、今日は予定があって」

「……そう」と鴻上は一瞬俯《うつむ》いて、すぐに「櫻子さんと？」と聞いてきた。

「ううん、磯崎先生。今、先生の標本を作る作業を手伝ってるんだ」

「ふうん……ねえ、それより、手、どうしたの？」

話をしながら、無意識に赤くなってヒリヒリする右手を、お腹の所にこすりつけていた僕に、鴻上は首を傾げた。

「え？　ああ、ちょっと紙やすりとか使ってるんで——」

「真っ赤になってるじゃない……ちょっと待ってね」

答え終わるのを待たずに、鴻上がブレザーの襟元を少し広げ、胸ポケットに手を突っ込む。

「鴻上？」

「じっとしててね、ハンドクリームだから」

そう言う彼女の手には、小さなチューブがあった。鴻上は中からクリームを少し絞ると、僕の手を握り、丁寧に両手でクリームを塗りはじめる。太ももむき出しのせいか、彼女の手は少し冷たい。だけど花のようないい香りがした。ハンドクリームと、あと、彼女の髪の匂い……。

「だ、大丈夫だよ、いいよ！」

「駄目。寒いし、乾燥する時期なんだから。手入れしないとひびきれとか、もっと酷《ひど》くなっちゃう」

廊下で女子に手を握られるなんて、さすがに人目が気になる。恥ずかしい。僕は抗《あらが》った。

「わかったけど……自分で塗れるよ……」

「……そう？」

マッサージするように、指まで丁寧にクリームを塗ってくれていた彼女が、なんだか残念そうに言った。僕は体温が上がって、耳がむず痒《がゆ》くなるのを覚えた。

「叔母《椿ちゃん》に貰《もら》ったの。そんなに強すぎないいい匂いだし、シアバターも入ってるから、手に優しいと思う。これ、館脇君にあげる」

「そんな、悪いよ」

「ううん。もうそんなに残ってないから、気にしないで使って。手はすべすべになるけど、私本当はこの匂い、あんまり好きじゃないの。でも使わないのは勿体《もったい》ないし、困ってたんだ」

「そっか……ありがとう」

「ううん。じゃあ、また今度ね！」

ちゃんとしたお礼を言い終わる前に、予鈴が鳴った。慌てて鴻上が黒髪と、そしていつもより短いスカートを翻して駆けていく。

……女の子はやさしくて、いい匂いがして、可愛い。

改めてそんな事実に気がついた僕は、自分の教室に入る前に、一度振り返って手を振ってくれた鴻上に、一瞬胸がどきんとした。

「あ、ごめ……」

その時、どん、と誰かが僕の腕にぶつかった。

ドアの横の、邪魔なところに立っていたのは僕だ。謝りかけて——そして、ぶつかった相手が誰なのか気がついた。

「い……今居《いまい》」

今居が、僕の目の前に立っていた。親友の今居。彼は僕を強ばった瞳《ひとみ》で見ていた。不機嫌そうな態度は、いつものことだ。だけどいつもよりも、瞳が険しい気がする。もしかしたら、怒っているのかもしれない。

「おはよう、今居」

「……ん」

見られた——？

僕は激しい罪悪感にとらわれた。今居は、鴻上に片思いしているのだから。

今居はどこから僕を見ていたんだろう？　鴻上とのやりとりを聞かれただろうか？

いや、特にやましい話はしていないはずだ。だけど手にクリームを塗ってもらったり…

…見方によっては、すごい誤解をされてしまうかもしれない。

「あのさ、あの……」

なんとか弁明しよう、そう今居のむすっとした顔に声をかけた刹那《せつな》、ぽこん、と後ろから日誌で頭を叩《たた》かれた。

「正太郎《しょうたろう》、もうホームルーム始めるよ」

教室に来た磯崎先生に、否応《いやおう》なしに席に着くように言われ、僕はしぶしぶ椅子に腰を下ろした。

■弐

単純作業は、ついつい考え事をしてしまう。アクリル樹脂の表面に、またひたすらにやすりをかけながら、僕はうだうだと今居のことを考えた。

しまいには、今居も今居で、早く告白すればいいのにとか、鴻上も鴻上でいい加減今居の気持ちに気づいて欲しいとか、責任転嫁なことまで思い浮かんでしまったけれど、我に返って反省したりもした。

そのうち手を動かすのも考えるのも疲れてしまって、休憩がてら椅子の背もたれに身を投げだして、僕は溜息《ためいき》をついた。

手を洗い、気分転換もかねてハンドクリームを付ける。彼女がさっき塗ってくれたお陰で、幸い適量もわかった。甘い香りに、なんだか鴻上を思い出した。

「あ、いいなー、ロクシタン」

「やめて下さい、鴻上に貰ったのに」

そんな僕の複雑なオトコゴコロなんて知る由もなく、磯崎先生がハンドクリームを強奪する。

「この時期、やっぱり保湿が大事でさ」

先生は僕よりも慣れた手つきでハンドクリームを塗る。先生も手は大きいけれど、指が長くて櫻子さんより華奢《きゃしゃ》な感じがする。爪の形も綺麗《きれい》だ。

「先生、もしかして爪とか……」

「爪？　うん。磨いてるよ」

それがどうした？　というように、平然と先生が返事した。

「…………」

「何か？」

「いえ……」

先生、メンズエステに通ってるとか、色々な噂があるけれど……多分、全部本当なんだろうな。僕は先生の、綺麗な楕円《だえん》の爪を見ながら思った。きっと花と自分以外に、本当に興味が無いんだろう。

「ってか、自分の爪を磨く余裕があるなら、標本も磨いて下さいよ」

「手が荒れるからヤだ」

「そんな理由!?」

「痛くなるのも嫌だし、単純作業大っ嫌いだし、粉がスーツについたら、それだけで一日やる気がしなくなるし、このやすりをかけてる時の臭いも嫌いなんだよね」

理由なんて聞かなきゃ良かった。先生が次々に理由を並べ立てる。本気で嫌そうに。

僕は頭痛を覚えた。

とはいえ、ウルフの事で先生には本当にお世話になった。彼女が居なくなった日も、一緒に捜してくれた。お礼の言葉だけでは足りないほど、先生には感謝をしている。

僕はその後二時間ぐらい、理科準備室で作業した。やがて夕方六時を回り、その日はお開きになった。勿論《もちろん》、標本達はまだまだ僕を待っているので、また作業は持ち越しということだ。

だけど今夜は雪が多いそうなので、明日は放課後の作業は早めに終わらせて、九条家《くじょう》の雪かきに行ってあげたい。急ぐものではないとはいえ、こんな調子で作業がいつまでかかるのか、本当にわからなくなってきた。

これは長丁場になりそうだ。まあいい、特に冬場は放課後、出かける事も減るし――そんな事を考えながら、僕はその日を終えた。夜、櫻子さんから電話が来た時も、特になんにも考えていなかった。今居のことも、夜にはそう深刻なことでは無いと思い始めていたのだ。もし今居が本当に怒っているなら、誤解だとはっきり言えばいいだけだ。

だけど僕の日常は、次の日に一変した。

悪意が僕に忍び寄っているのを、僕はまだこの時知らなかった。

昨日と同じく早めに登校した僕は、何気なく上靴に足をつっこんで、そこで初めて異変に気がついた。

「……あ」

上靴の、両足の靴紐《くつひも》が切られていた。

切れていた、ではない。それは明らかに鋭いもので切断されていた。よしんば自然に切れたとしても、それが両方同時になんて偶然はそうそう無いだろう。

ざわっと……嫌な寒気が走った。

周りの靴箱を見る。まだ朝早いので、登校している生徒はそう多くない。からっぽの靴箱が目立つ中、ふと、斜め上の棚が目に入る。

今居の、スノトレが目に入った――今居は、もう登校している。テニス部の朝練があるんだろう。最近、今居は腕を痛めているので、部活は体を鍛える方を中心にやっているはずだ。この寒い時期に、朝は学校の周辺をランニングしたり、体育館でフィジカル面の強化をしている。

他の生徒の靴箱を見ると、他に既に登校している生徒は少なかった。僕の心に、ざらり、とした不安が過《よ》ぎった。

「…………」

考えたくない想像が、僕の頭を過ぎった。

いや、そんな筈《はず》ない……今居は、そんなヤツじゃない。それは一番、僕自身が知っている。だけど僕の脳裏に、昨日の光景が過ぎった。僕を睨《にら》む、怒りの瞳。

「……今居」

口に出した瞬間、軽いめまいが僕を襲った。

今居がこんな事をするなんて信じられないし、信じたくない。いつもだったら、絶対にそんな事考えもしない筈だ。

なのに僕は、浮かんだ最低の考えを、頭から追い出すことが出来なかった。人の心を操り、蝶形骨《ちょうけいこつ》を奪う殺人鬼――花房《はなぶさ》。

櫻子さんですら、彼に操られかかったのだ。

いや……だけど、そんな筈はない。

「僕が……信じないでどうするんだよ」

僕は独りごちて、そして気を取り直して上靴を履いた。紐を両方抜いてしまったので、少し歩きにくいけれど、まあ仕方がない。靴紐だって、切れることぐらいあるさ。

だけど言葉にならない不安を抱えたまま、僕は真っ直ぐ磯崎先生の所に行った。

「紐？……これとか？」

靴紐が切れたというと、先生が悩んだ末に、ピンク色のビニール紐を提供してくれた。

「なんでもいいです、今日一日なんで」

白い上靴にピンクか……と思わなくもないけど、まあ仕方がない。紐無しよりなんぼかマシだ。

「靴紐が切れるなんて、今日は運の悪い一日になりそうだね」

「……そんな日も、ありますよ」

これ以上、その話題に触れて欲しくなくて、僕はすぐに標本を磨く作業へと移った。

あんまりいつまでも、ぐだぐだと考えているのも嫌だった。

一日が過ぎていき、いつも通り今居と話をした。相変わらず、今居はいつも通り少し不機嫌そうで、愛想が悪い。誰にでもそうだ、昔からそうだ。

だけどそれは、単純に本当は僕が嫌われてるんじゃないか？　と、そんな不安にも繋《つな》がった。親友だと思ってるのは、僕だけなんじゃないかって。

た。

そんな、色々な事を考えている僕の方が、きっといつもと違っただろう。

「お前……どうしたんだ？」

そう帰り際に聞かれた。なんと答えていいかわからなくて、僕は曖昧《あいまい》に笑って誤魔化した。その単純な言葉にさえ、様々な裏側を考えた——考えてしまう、自分が悔しかった。

放課後は櫻子さんの家に行った。別に逃げ込んだわけじゃない。雪かきのためだ。だけどここに行けば、少なくとも僕を脅かす物はなにもない。

「待っていたよ、少年！」

「え？」

「いや、アオサギの死骸《しがい》を拾ったんだ。本当は君が来るまで待とうと思っていたんだが、すまない、我慢出来ずに始めてしまったよ！」

前言、撤回。

「別に……僕は雪かきとヘクターの散歩に来ただけですし」

「遠慮はいらない。さあ、手伝ってくれ」

嬉《うれ》しそうに僕をリビングまで連行する櫻子さんに、僕は顔を顰《しか》めた。隣で櫻子さんと同じように、ヘクターがにこにこしている。嬉しい理由は、多分リビングが腐敗臭というか、動物の死骸を煮る時特有の、悪臭に満たされていたからだ。

「家の中でやってるんですか？」

「外は寒いのでね。この時期はカセットコンロで済むサイズの動物しか、骨取り出来ないのが残念だよ」

そう言って、櫻子さんがリビングのテーブルの、カセットコンロにかけられた寸胴鍋《ずんどうなべ》まで、僕を連行する。

いい加減、沢《さわ》さんみたいに、水槽でやればいいのに。僕は沢さんに教えて貰《もら》った、温度管理した水槽に、エアーを入れて数日間放置するという、手間もかからない上に匂いも出ないという、最近の新しい骨取り方法を思った。

だけど彼女の事だ。知らないとは思えないし。彼女にとってベストなやり方は、やっぱりこうやってことこと煮る方なんだろう。

だけど出迎え早々の死臭のインパクトに、僕はすっかり出鼻をくじかれたというか、今日あった事を相談しようかなっていう、気持ちが萎《な》えてしまった。

紅茶を淹《い》れてくれたばあやさんも仏頂面で、鼻の下にはっか油を塗って、必死に臭いを誤魔化そうとしている。

結局僕は、なし崩し的に骨取りを手伝わされることになった。煮込んだ骨に残った肉を、歯ブラシなんかで丁寧に取り除く作業だ。

明治時代に建てられた九条家は、寒い冬に凍えるように佇《たたず》んでいる。だけど部屋の中は、コークスを赤々と燃やす達磨《だるま》ストーブで暖められて、長袖《ながそで》だと少し暑いぐらいだ。

窓ガラスが熱気に白く曇るリビングで、櫻子さんは寸胴鍋に向かって動物を煮ていた。まるで料理でもするように、白いエプロンをして。

でも勿論、調理ではないし、悪臭は酷《ひど》い。少なくとも、一年前の僕だったら、こんな事絶対にあり得なかったと思う。いい加減、腐敗臭にも慣れてきた。

僕はずっと『周りから叱られない子』を目指していたと思う。そういう意味で言えば、僕はきっと狡《ずる》い子供だ。大人の目を意識して育った。

そんな僕は中学まで平凡、中庸、期待されるよりも、埋没して時間を過ごした。そうしなければならないという、強迫観念めいた思いがあったと思う。

きっかけは多分小二かそのぐらいの頃、お祖母《ばあ》ちゃんと映画に出かけた時の事だ。大好きなヒーロー映画を観て、僕は嬉しくて、はしゃいで、いつもよりも落ち着きがなかった。そんな僕を見て、たまたま通りかかったお祖母ちゃんの知り合いが、「これだから年寄りっ子は三文安っていうのよね」と笑った。

お祖母ちゃんも笑っていたけれど、本当は怒っているのがわかった。僕は夜、母さんにこっそりと意味を聞いた。お祖父《じい》ちゃん、お祖母ちゃんに育てられると、甘やかされて、ちゃんとした大人には育たないという意味だった。

未《いま》だにこのことを覚えているっていうのは、多分僕もこのことが悔しかったんだと思う。母さんの寂しそうな顔、お祖母ちゃんの怒りに震えた熱い手の感触を、今でも思い出せるような、そんな気がする。

世の中は、偏見で一杯だ。母さんに向かって、これだから父親がいない家は、とか、そういう無神経な悪口を言う人もいる。

歳を重ねていくうちに、否応《いやおう》なしに僕は理解した。僕がきちんとしなければ、僕じゃなくて母さんや、お祖母ちゃん達が悪く言われてしまうんだって。

だから今こんな風に、一見すれば猟奇的で、異常な事をしているっていうのは、なんだか自分自身でも信じられない。櫻子さんと出会って、まだ一年ちょっとなのに。こんなに短時間に人は変われてしまうんだ……。

「やっぱり、鳥はくちばしが長くて、面白いですね」

肉を落とした生き物の骨を見て、まさか『面白い』と感じるなんて。一年前なら絶対にあり得ないと思いながら、僕は今現在の僕の素直な感想を、櫻子さんに告げた。

「そうだな。ウミウやアホウドリなども、こんな風に長いんだがね。もう少し厚みがあって、上の嘴《くちばし》の先端が、下に向かって湾曲しているんだ。だがこのアオサギの嘴は、真っ直ぐ鋭利に伸びている。アオサギは餌を狙う時、垂直にアプローチするんだ。だからこの真っ直ぐな形は、水や空気の抵抗を減らす為なのかもしれない。ヤマシギも面白いよ。あれはヘアクリップのような形をしている」

美容師さんのハサミのような、スラっとしたフォルムの、アオサギの頭蓋骨《ずがいこつ》を見て、僕は微笑んだ。最近、少し櫻子さんが骨を愛する理由がわかってきたようにも思う。骨には生き物の進化や、生態や、様々な秘密が隠されている。

少なくとも、骨を見るまで僕は知らなかった。あの大きなキリンと、ヤギの足の骨が、大きさこそ違っても、殆《ほとん》ど同じ形だなんて。

「そうだった！　しまった。本当は今回、君に鳥の羽の上手な外し方を教えてやるつもりだったんだ。上腕骨を切ってもいいんだが、関節で外してやる方が仕上がりが綺麗《きれい》だ。まあいい。また今度、次は絶対に君にやらせてあげよう」

「いや……別に、いいですよそんなの、できなくったって」

「本当はそろそろ、皮の剝《は》ぎ方も覚えた方がいいと思うんだがね」

「結構です」

とはいえ、僕は別に、櫻子さんのような標本士になるつもりはない。将来の夢はほとんど決まっていないけれど。だけど少なくとも、彼女と同じ道を進むことは無いと思う。

――でも、それでも、例えば十年後も、彼女と標本を作っていられたらいいのに。今ではそんな風によく思う。

薄々、多分無理なんだろうなっていうのは、わかっているけれど。

「……何かあったのか？」

「え？　何かって？」

「いつもより、顔が沈んでいる」

作業から顔を上げずに、櫻子さんが唐突に聞いてきた。

「……なんでもないですよ。最近ずっと、磯崎先生のアクリル標本のお手伝いもしているんです。毎日細かい作業ばっかりだなって」

咄嗟《とっさ》に、本当の事が言えなかった。僕が物思いに耽《ふけ》りがちなのは、やっぱり学校のことが原因だと思う。だけど悪戯《いたずら》されたなんてちょっと恥ずかしいし、その犯人が親友かもしれないっていうのは、言いにくいし、考えたくない。まして櫻子さんに話してしまえば、犯人があっさりと、完全に特定されてしまうかもしれない。

僕はまだ、それを受け止める勇気が出なかった。

それにここのところ櫻子さんは、花房の尻尾《しっぽ》を摑《つか》もうと奮闘しているし、彼からのメールの一件以来、少し落ち込んでいるのだと思う。だから、久しぶりに嬉しそうに骨の話をする彼女の興を削《そ》ぎたくない。

「アクリル封入か！　確かに磨き上げる工程は、意外に時間もかかるし、手間どる作業だ」

標本、という言葉に櫻子さんはすぐに食いついて、そのまましばらく様々な標本の作り方について、講義をはじめた——暖かい部屋に、僕が危うく寝落ちしてしまいそうになるまで。

そんな事もあったせいで、結局言いそびれたっていうのもある。花房に関係ないことだったら、彼女に話す必要は無いと思うし、なんとなく情けないというか、彼女に知られたくないような、強がりめいた部分もあった。

だけど一番は、僕自身が考えたくなかったのかもしれない。刃物を使った悪戯《いたずら》は、少なくとも僕に対して、なんらかの明確な悪意を感じる。

とはいえ、別の誰かと間違われたのかもしれないし、軽い悪戯が度を過ぎたって事もあるかもしれない。それにその気になれば、もっと悪質な方法だってある。そんなに深刻に考えなくてもいい——後から思えば、そんな自分は、正しかったとは思えないけれど。でもこの時は、確かにそう思った。

■参

登校すると、また上靴の紐《ひも》は切られていた。

「まあいいさ、今日は、靴紐の予備、持って来てるもんね」

別に、ピンクのビニール紐が切られたからって、なんだっていうんだ？　僕は気にしないようにして、昨日帰りに買った靴紐を、上靴に通した。それに、今日から靴袋を持参した。学校に置いておくから切られてしまうんだ。

今朝も、今居は僕より先に登校していた。

だけどそれはいつもの事だ。別に、だからって今居は関係ない。

それでもその日はそのまま帰宅時間になった。今日は今居とほとんど話もしなかった。それとなく避けていることを、今居は気がついてしまっただろうか？　彼から話しかけてくる事もなかったように思う。

不安に思いながら、僕はこのまま悪戯が収束する事を願った。少なくとも、上靴を持って帰れば、靴に細工は出来ないだろう。もう大丈夫だ。

だけど四時間目に抜き打ちで行われた、数学の小テストの結果が散々だったのは、嫌がらせが原因で、全く集中できなかったせいだと思う。うん、絶対そうに違いない。

次の日の朝、家の玄関を出ると、目の前にネズミの死骸《しがい》が転がっていた。

ぎょっとしたけれど、ネズミがここら辺にいない訳じゃない。あまり見かけないけれど、家ネズミは冬眠しないって、本で読んだことがある。きっとネコに襲われたとか、そういう事なんだろう。櫻子さんならともかく、正直僕には嬉《うれ》しくない一日のスタートになった。

そのままにしておくのもどうかと思い、庭の隅にネズミを移動させて、僕は学校に向かった。なんとなく、今日もよくない一日になる気がした。

登校すると、当然靴は無事だった。そりゃそうだ、持って帰っていたんだから、細工なんてできる訳がない。

最初からこうすればよかったんだって、穏やかに時間が過ぎ、そして昼時になって、僕は異変に気がついた。

「……あれ？」

「どうした？　館脇」

「……いや、なんでもない」

昼休み、クラスメート数人と、最近ハマっているゲームの話で盛り上がりながら、僕は朝買ってきた昼食を食べようと思って、それがない事に気がついた。

「…………」

どこかに置き忘れた——筈《はず》はない。菓子パン三つと、雪印のコーヒー牛乳と一緒に、ロッカーのコートかけに、ビニール袋ごと引っかけておいた筈だ。

「何処行くんだ？」

「いや、ちょっと売店に。朝コンビニ寄れなかったの、今思い出した」

へへへと笑って、僕は友人達の輪から抜けた。一瞬、今居と目が合ったけれど、僕は気がつかないようなフリをした。

もしかしたら、そういう嫌がらせがあったことを、もっと周りに言っても良かったのかもしれない。それに気がついたのは、もっと後になってからだ。でもその時は、もう僕はエスカレートしていく嫌がらせに、すっかりパニックになってしまっていた。

今更、誰になんと言えばいいのか？　って思ったっていうのもあるし、毎日、明日《あした》にはこんな事止めて貰《もら》えるだろうって、希望的観測があったっていうのもある。

だけど結局、翌日以降も、僕への小さな嫌がらせが続いた。

机にゴミが入れられているのは日常茶飯事で、そういうささやかだけれど、陰湿な嫌がらせばかりだった。

だけど、勿論《もちろん》僕だって学習しなかった訳じゃ無い。コンビニで買った昼食も、朝に磯崎先生の所に行くときにも、しっかりと持っていくようにした。

だから、なんとなく大丈夫な気がしていた。だけどある日の昼食の時、メロンパンにかぶりつこうとして、時間を置いてすこししっとりしたクッキー生地が、一瞬光ったのに気がついた。

「……うっ」

危うく食べてしまうところだった。よく見ると、メロンパンに短い針が刺さっていた。所謂《いわゆる》普通の縫い針だ。僕は凍り付いた。残りのデニッシュパンと、ようかんパンの袋を確認すると、どっちも空気が漏れて、穴が開いているのがわかった。調べてみると思った通り、結局針は四本も見つかった。

食べていたらどうしようと、ぞっとする。無作為な悪戯ではなく、多分僕を狙っているだろう。今居はその時、部活のミーティングだかなんだかで、教室にいなかった。もしかしたら彼もまた、僕を避けているんだろうか。

いつの間に細工したんだろう。僕は思った。そういえば今日、体育の授業中、今居は腕が痛いと言って、一度保健室に行った筈だ。保健室に行く途中、教室に寄っていたらどうだろう？

――いいや、そんな筈無い。なんで僕は、そんなに今居を疑っているんだ？

僕は考えるのを放棄した。幸い、土日で学校から離れられる。

週末は平穏だった。九条家の雪かきと、ヘクターの散歩をした後、永山《ながやま》のお祖父《じい》ちゃんの家に泊まった。珍しく柔道の稽古《けいこ》に真面目な僕に、お祖父ちゃんは大喜びだったけれど、本当はあんまりポジティブな気持ちで道場に出たんじゃなかった。

弱い自分の根性をたたき直したかった。へとへとに疲れて、余計なことを考えないで済むようにしたかった。でも一番は、何かの時に立ち向かう術《すべ》が欲しかった。

力って不思議だ。こんな事で安心できるなんて、なんて悲しいんだろう。

そして力を得る事で身を守ろうとしている事実に、僕は初めて、自分が怒っているのだと気がついた。

■肆

昼食代には限りがある。月曜日は自分で不格好なおにぎりを握った。具は、昨日お祖母《ば》ちゃん宅《ち》から貰ってきた、サンマの甘露煮だ。圧力鍋《あつりょくなべ》でほっこり骨まで食べられるように炊いたサンマは、てりっと甘くてしょっぱくて、ショウガがいいアクセントで、多分おにぎりにしても合うだろう。

だろうというのは、結局僕は、そのおにぎりを食べられなかったからだ。

月曜日は体育は無いので油断をしていたけれど、他の授業で教室移動があって、心配していた通り、わざわざ家から握ってきたおにぎりのアルミ箔《はく》が剝《は》がされ、ホコリや髪の毛がついていた。床に捨てられたか、ゴミをかけられたかしたらしい。

「くそ、まだだ……」

でも一応予測していた僕は、諦《あきら》めてまた売店に行った。この前は、出だしが遅れてしまったために、うぐいすアンパンとか不人気パンだけ残されていたけれど、今日は早い時間だ。だけどその分購買は混んでいて、まるで闘争が起きたかのような状況に出鼻をくじかれてしまった。特に最近、新しく美味《おい》しいパン屋さんのパンが入荷するようになったので、購買の利用率が異常に高いらしい。

思わず輪の中に入れずに、どうしようかと思いあぐねていると、輪の中に入っていた副担任の瀬戸谷《せとや》先生と目が合った。

先生が、唇だけで「代わりに買おうか？」と言ってくれたのがわかったので、僕は「何でもいいんで三つ！」と指を三本立てていった。廊下に反響する喧噪《けんそう》にかき消されて、聞こえているかはわからない。

それでも幸い、先生はポテトサラダパンとウィンナードッグ、ゴボウバゲットを代わりに買ってくれた。予算のつもりの五百円は少しオーバーしてしまったけれど、見るからに美味しそうだ。

「ありがとうございます、これで生き延びられそうです」

「でも……育ち盛りなのに、パンだけで大丈夫？」

「まあ、なんとか」

それに先生は、きちんと僕の健康の事を考えてくれたんだろう。なんとなく、そのまま二人でランチルームに移動して、空いている席に腰を落ち着けた。どのパンも、高校生の食欲に合わせて、ボリュームたっぷりだ。

特にバゲットの横半分に切れ目を入れて、マヨネーズで和《あ》えたきんぴらゴボウを挟んだという、ゴボウバゲットは絶品だった。

バゲットはパリパリと香ばしい表面とは対照的に、中がもっちりと弾力があり、ほんのり甘い。そしてしっかり味の染みこんだ、時折ピリっと辛いきんぴらゴボウは、パンに合いやすいようにマヨネーズで和えられている。普通のゴボウサラダとはちょっと食感も違うし、何より微《かす》かな酸味と醬油《しょうゆ》味がバゲットとの相性ばっちりだ。

美味しいけれど、普段なら多分僕が自主的に買う事はないジャンルのパンだ。僕は瀬戸谷先生に感謝した。

「すみません、最初、ゴボウ……？　って内心思ったんですけど」

「実は同じ具材のサンドウィッチもあるんですよ。前に食べたら美味しかったし、館脇君ならバゲットの方が食べ応《ごた》えがあると思って」

瀬戸谷先生が、行儀良くサンドウィッチを両手で持って微笑んだ。今年新卒で入った瀬戸谷先生は、ヒョロメガネなんてあだ名をつけられて、内気そうでたまに他の生徒にからかわれたりしているけれど、物静かで僕は嫌いじゃない。

「一番のオススメは、お好み焼きパンなんですよ」

「お好み焼きですか？」

「うん。残念ながら、今日はもう品切れだったんですけど」

「へえ……」

教室に戻れば、今居がいるだろう。なんとなく気まずくて、僕は先生と一緒にゆっくりと昼食を食べた。気がつけば、今日はまだ今居と話をしていない。

午後の授業が始まるギリギリで教室に戻って席に着いた。なんとなく今居と目を合わせにくくて、僕は窓の外を見た。相変わらず、灰色の雪景色だ。

僕は溜息《ためいき》を飲み込んだ。外の景色は変わらないのに、僕だっていつも通りの筈なのに、日常が少しだけいびつに歪《ゆが》んでいる。

まさか、今居をこんな風に疑うことになるとは思わなかった。一番気を遣わなくていい筈の相手なのに。

Phantomの言葉が、脳裏に浮かぶ。

自分の手は汚さずに、人の心を傀儡《かいらい》にして、狂わせる、邪悪な怪人・花房。

『そして憎悪という黒い毒はね、簡単に人間の理性を壊す』

「…………」

花房はそう僕に言った。

櫻子さんは、誰も信じるなと言った。身近な人でも。

――モシ花房ガ、今居ヲ惑ワセテイルトシタラ？

僕は思わず、一列離れて隣に座る今居を見た。今居は机に片肘《ひじ》をついて、退屈そうに目を閉じている。不意に、気分が悪くなった。だけどそんな自分の反応に、僕は何よりも腹がたった。これじゃあ、花房の思うつぼじゃないか。

「い、今居」

僕は勇気を振り絞って、今居に声をかけた。

「……ん？」

「あの……そういえば、例の漫画の新刊、もう買った？」

「持って来たけど、お前、今日は昼にいなかったから。先に高木《たかぎ》に貸した」

「ああそっか。今日、ちょっと売店でパンを買おうと思って、そのまま先生に掴《つか》まっちゃって……」

「どうよ、売店のパン美味《うま》い？」

予鈴が鳴って、先生が来るギリギリまで、僕は久しぶりに今居と話をした。話題はただ、お昼の購買のパンの事だ。ゴボウバゲットの事、お好み焼きパンの事。今居は「じゃあ、俺も明日《あした》パンにしてみるかな」と言って少し笑った。少なくとも、いつも通りの今居だった。

そうだ、僕は決めた筈だ。絶対に、知り合いを疑ったりしないと。絶対に今居が僕を裏切る筈が無い。絶対そんな事無いんだ。花房に操られるもんか。

僕は今居を疑うのをやめた。じゃあ、他の誰かが犯人、という事になるけれど、とりあえずはもう少し様子見しよう。もしかしたら、張り合いのない僕に飽きてくれるかもしれない。

「標本作り、大変みたいね。でも上手になった方がいいって、櫻子さんが言ってたわ」

「櫻子さんらしいや」

久しぶりに標本作りに居残りがない日、鴻上と久しぶりにいつものお店で紅茶を飲むことになった僕は、焼茶を飲みながら苦笑いした。

「ほら、私も貰《もら》ったの」

そう言って、鴻上が鞄《かばん》から、透明なアクリル樹脂のキューブを取りだした。

「これは？」

覗《のぞ》きこむと、それはつぶれた魚のようなカタチをした、一欠片《ひとかけら》の骨だった。

「これはね、マダイの胸びれの付け根の骨なんですって。タイのタイって言われて、縁起がいいらしいの」

「へえ……」

「他のタイとか、シイラとかにも、この骨はあるらしいんだけど、櫻子さんは中でもマダイの骨が一番可愛いと思うんですって。一番トボけた顔をしてるって」

うふふ、と鴻上が楽しそうに笑って言った。この前櫻子さんに仕込まれたであろう蘊《うん》蓄《ちく》を、誇らしげに披露する。

鴻上の口から骨の話を聞くのは、なんだかちょっと悔しかった。だけど、ドヤ顔で笑う彼女は可愛いと思う。

今居の事は疑わないと決めた僕ではあったけれど、それでも鴻上と会うのは、なんだか罪悪感を覚えた。だけど鴻上だって僕の友達であることには変わらない。

「スコーン。もう一切れ食べる？」

僕が早々とシフォンケーキを食べ終えたのに気がついた鴻上が、自分の皿に残った黒豆のスコーンを指さして言った。

「あ、今日はいいや。そんなにお腹すいてなくて」

「珍しいね、館脇君なのに」

館脇君なのに、とはどういう意味だろうか……。

「別に、今日、意外とお昼がしっかりしててさ」

そこで僕が、今日は売店のパンを食べたことを鴻上に話すと、売店の総菜パンが本当に美味《おい》しいという事でつかの間盛り上がった。瀬戸谷先生と同じく、お好み焼きパンが一番オススメだと、鴻上が言う。

「あのね、米粉を使ったもっちり生地のパンなんだけどね、中にキャベツとか天カスとか焼きそばとか、広島焼きの具が入ってるの。しかもね、青のりは別添えっていう気配りが嬉《うれ》しいの」

むむむ。それは確かに美味しそうだ。僕のお好み焼きパンへの思慕が、またぐっと強まった。

そんな話をしていると、鴻上がふと、何かに気がついたように僕を見る。

「……そういえば、もしかして館脇君、お弁当持って行ってないの？」

「ああ、うん。時々自分でおにぎり作る事はあるけど、だいたいコンビニとか、売店で済ましてる」

毎月、昼食代として、母さんから一万二千円支給されているのだ。中学の頃は、ずっとお祖母《ばあ》ちゃんが作ってくれていた。

お祖母ちゃんが亡くなった後、中学の頃は毎日お弁当が必要な訳じゃ無かったので、じゃあ途中で買っていくのでいいか……という流れになったのが、なんとなく高校に入ってからも、そのまま続いているといった、そんな感じだ。

「じゃあ、一日五百円ぐらいなんだ？」

「まあ、そんなもんだね」

鴻上は僕の説明を聞いて、思案するように紅茶を見下ろした。

「私……三百円ぐらいで作ってあげようか？」

「え？」

「毎朝自分で作ってるの。お店の残り物とか入っても良かったら、ついでに作ってきてあげる」

そう言って、鴻上が顔を上げた。味は保証できないけど。そんな風に謙遜《けんそん》をしていたけれど、鴻上は料理が下手っていう印象は無い。時々ばあやさんにレシピを貰っているのを知っている。

普段から家事をしているし、きっと逆に上手《うま》いんじゃないかと思う。まして、ご両親は人気の洋食店を経営しているのだ。

「……いいの？」

「うん。別に、そんなに作業は変わらないし。ちゃんと材料代も貰うけど」

さすがに毎日は悪いので、週二回、火曜と木曜だけ、お願いすることにした。これだけでも十分嬉しい。

「じゃあ、さっそく明日持って行くね」

それなら、一緒に今居の分も……というのは言い損なった。何故なら、丁度その時、鴻上の電話にお母さんからメールが入ったからだ。

「ごめん、ちょっと……今日は帰らなきゃ」

そう言って鴻上が帰ってしまったので、僕も席を立った。櫻子さんの所に行くことも考えたけど、結局真っ直ぐ家に帰った。

櫻子さんは、何か情報を入手できたのか、ここのところずっと忙しそうだ。

花房に繋《つな》がる何かを、ずっと探しているのだ。その邪魔をしたくないし、僕の方でもここ数日、僕に続く嫌がらせの真相を、自分で調べたいと思った。

翌日は火曜日で、さっそく鴻上がお弁当を作ってくれる日だった。お弁当はお昼まで彼女が預かってくれることになったので、悪戯《いたずら》を気にしないでも平気そうだ。

朝の作業を終え、先生と僕が理科室を出るやいなや、バタバタという騒々しい数人の足音と、きゃあきゃあという、明らかに可愛らしい女子の声が僕の方に、いや、正しくは僕の後ろの磯崎先生に近づいてきた。

今日ばかりは、朝早くから学校は賑《にぎ》わっているというか、そわそわしている。

今日は二月十四日。巷《ちまた》ではばれんたいんでーという、男にとって天国と地獄を垣間《かいま》見る、恐ろしい日だ。

だけどもしかしたら僕に？　なんて、期待する気もおきない。

「磯崎せんせー！」

案の定、女子五～六人に囲まれて、チョコレートを渡されている磯崎先生を残し、僕は自分の教室へと向かった。でも、今年の僕は余裕だ。今年は永山のお祖母ちゃんと母さん以外に、薔子《しょうこ》さんとばあやさんから、既にチョコを貰っている。

櫻子さんからは貰えなかったけれど、彼女はバレンタインなんて無縁の人だから、チョコレートなんて期待もしない。だから妙に浮ついた校内も、僕にはなんの焦りももたらさなかった。

それに観音台《かんのんだい》の一件は、未《いま》だに僕らの心に恐怖と影を残している。花房の影が、至る所にちらついている気がする。だけどその代わり、櫻子さんはまた、僕を受け入れてくれた。チョコレートより尊いものだ。

櫻子さんと、ばあやさんと、ヘクターと、僕。九条家で過ごせる——ああ、こんなに、幸せなことはない。

「館脇君！」

廊下で僕に声をかけてきたのは鴻上だった。

「ああ、おはよ」

今日はなんとなく雰囲気が違う。一瞬なんだろうと考えて、その唇がピンク色なのがわかった。うっすらお化粧をしているのかもしれない。いつもは校則厳守の鴻上百合子《ゆりこ》も、バレンタインはその限りではないらしい。

走ってこっちまで来てくれたせいか、白い頬を微《かす》かに上気させ、彼女が僕に紙袋をぐいっと突き出した。

「……これ」

「え？」

シンプルな茶色い小さな紙袋だ。中を覗くと、白地にブラウンのリボンがかかった、長方形の小箱が入っていた。

「館脇君……今日バレンタインなの、いくらなんでも知らないって言わないよね？」

「え？　いや、さすがに知ってるけど……」

最初、てっきりお弁当なのかと思って、きょとんとしてしまった僕に、鴻上が怪訝《けげん》そうに言う。

「ブラウニー焼いたの」

「これ……僕に？」

「うん、勿論《もちろん》。……もしかして、迷惑だった？」

上目づかい、今度は鴻上が不満そうに口を少し尖《とが》らせた。ピンク色なせいか、いつもよりその唇が、ぽってりとしているように見える。

「いや……女子から貰《もら》えると思ってなかったから」

「……そうなんだ？」

一瞬、なんだかお互いに気まずい雰囲気が流れた。

「あ、でも友チョコだから！　今日、放課後に櫻子さんの所にも持って行く予定……」

だけど、期待と困惑ないまぜな、複雑な気持ちが僕の胸に広がる前に、鴻上が訂正してくれた。僕はなんだかほっとした。

「そっか！　櫻子さん、喜ぶよきっと」

思わず笑顔で答えると、鴻上も微笑んだ。鴻上は櫻子さんのことが大好きなのだ。でも優しい鴻上だ。ようするに櫻子さんだけに渡すのは、なんとなく角が立つとか、そういう事だったんだろう。

「でもこんな事、してくれなくて良かったのに」

思わず、僕の口から本音が漏れてしまった。

「……そう？」

正直、チョコレートを貰う歓びより、これが今居に知れたら？　っていう恐怖の方が強い。また嫌がらせがエスカレートするんじゃないかって。

その時、階段を上がってくる今居の姿に気がついて、僕は慌てて鴻上にお礼を言って、自分の席に戻った。ちょっと感じが悪いとは思ったので、人前で恥ずかしかったから、というメールを送った。すぐに「了解！　じゃあ、お弁当は後でこっそりね！」っていう、返信が来た。

ほっとすると、今居は今朝は機嫌がいいらしく、一瞬目が合った僕に「よう」と声をかけてくれた。僕も笑顔を返す。

すっかり元通りになった気がした。

嫌がらせもこのまま収束してくれたらいいのに。

■伍

お昼になって、教室でクラスメートの高木達と、鴻上から受け取った弁当を食べた。

幸い今居はいなかった。どんな料理なんだろうと思ったけれど、お祖母ちゃんっこの鴻上らしく、おかずが全体的に茶色い。思わず笑みがこぼれた。少し薄味なところは、彼女らしい健康への気遣いだろう。とても美味《おい》しかった。

だけど問題は、いかんせん量が少なかった。結局、僕はお弁当を平らげた後、購買へと足を向けた。その途中、今居が購買の方から歩いてきた。

「おう、正太郎。お好み焼きパン」

「え？」

今居が、パンの包みを軽く振って見せた。

「ラスト三だった。俺も買ったから、残り二つ、お前に売ってやる」

「いいの？」

「昨日、食べたいって言ってたろ？」

「うん、でも、二つも？」

「お前、一個じゃ足りないんじゃないかと思って。あと……ゴボウのやつもあった」

ちゃらり、小銭と引き替えにお好み焼きパンが二つとゴボウバゲット一つ、僕の手の中にやってくる。見た目は少し大きなカレーパンといった感じだけど、中に焼きそばも入ってるというだけあって、なかなかずっしりと重く、食べ応《ごた》えがありそうだ。

「わざわざ買ってくれたんだ……」

「ついでに。今日、姉ちゃん寝坊したから」

今居は、いつも仕事でお昼にお弁当を持って行く、上のお姉ちゃんにお弁当を作って貰っているのだ。彼は僕が最近毎日、学校の購買を利用していることに気がついていたらしい。自分のを買うついでに、今日は僕の分まで買ってくれたという事だった。

「ありがとう――これから教室行くの？」

さっき僕が教室でお弁当を広げたときは、今居は居なかった。

「いや、今日は部活の連中と」

「そっか」

そこで、僕はふと気がついた。

「……もしかして、わざわざ僕に持って来てくれたの？」

「お前……飯を食ったら、少しは機嫌も良くなるかと思って」

「何だよそれ」

やっぱり、僕の態度がおかしいことを、今居は気がついていたのか。

「……残念だったな。本格的に捜すなら、俺も手伝ってやるから」

「え？」

「犬」

「……ああ」

そうか。今居は自分が疑われていると、思っていないんだ。そりゃそうか。だから僕が、ウルフの事で落ち込んでいると、そう思っていてくれたらしい。

お礼の言葉が、心の底から洩《も》れた。本当はごめんって付け加えたかった。

「ありがとう」

今居は微かに笑うと、じゃあ、と手を上げて廊下を引き返していった。僕はその後ろ姿を見ながら、お好み焼きパンの重みに感じ入った。ずっと……もしかしたら今居が犯人なんじゃないかって、僕はそんな事を思っていたのに。

だけど、同時にそんな筈《はず》は無いとも思ってた。少なくとも、花房の事がなければ、絶対に今居を疑う事なんてなかっただろう。だけど、あの邪悪な存在が、僕から正しい判断を奪うのだ。僕は……くやしいけど、櫻子さんみたいに強くない。

だけど大丈夫。もう何があっても、今居は疑わない。心に誓って僕も廊下を引き返していると、ちょうど廊下を歩く瀬戸谷先生と目が合った。

「あ」

先生の目が、僕の手のお好み焼きパンを見て、はっと見開かれる。

「もしかして……最後？」

「そう、らしいです」

僕が控えめに頷《うなず》くと、瀬戸谷先生は「また間に合わなかった……」と、がっくりと肩を落とした。

「あ、でも二個あるので……一個譲りましょうか？」

「え!?　館脇君、いいんですか？」

「この前のお礼って訳じゃないですけど」

せっかく買ってくれた今居には少し悪い気がしたけれど、でも瀬戸谷先生は本当にガッカリしていたので、なんとなく可哀想になってしまった。

それに本当のことを言えば、お弁当を一つ食べた後に、総菜パン三つはさすがに僕にも重かったのだ。

「えと……じゃあ、これ」

二つあるうちの、一つを先生に手渡す。その時、僕は思わず袋が破れたり——例えば、また針が刺さっていたりしていないかを確認してしまった。勿論袋は無事だった……当たり前だ。僕はこの期に及んで、まだ今居を信じられないのかと、自分に苛立《いらだ》った。

「あ……っ」

先生はパンを受け取るのと入れ違いに、僕にお金を渡そうとして、じゃらじゃらと小銭をこぼしてしまった。

「ごめん、すぐ拾うから！」

瀬戸谷先生は、ちょっとドジっぽいところがある。ヒョロメガネなんて、いかにも脆《もろ》そうなあだ名で呼ばれてしまうのは、先生が若いっていう理由だけじゃない。

また、両親が二人とも教師だというだけあって、よく言えば真面目そう、悪く言えば融通が利かなそうな雰囲気もある。そういう堅苦しさが、逆に僕らにはどこか面白く見えてしまうんだろう。

廊下中に散らばってしまった小銭を前に、慌てて床に膝《ひざ》をついた先生を手伝って、僕も十円、一円と、そして結局、廊下に設置された、灰色のキャビネット二台の、ちょうど隙間に転がっていってしまった百円玉を、代わりに救出してあげた。

手が届かなくて、向かいのクラスから借りた箒《ほうき》の柄で、なんとかひっぱりだせたその埃《ほこり》まみれの百円は、結局そのまま自販機で、僕のフルーツＭＩＸ牛乳に化けた。まあ、結果的にはＯＫだったかもしれない。

そんな一連のやりとりがなんだかお互いにおかしくて、僕は先生と笑いながら教室に戻った。昼休みはもう半分以上終わっていて、教室は人もまばらだ。

「……よかった。最近なんだか元気ないみたいだったけど、大丈夫そうだね」

席に着くと、先生も向かいの席に腰を落ち着かせて微笑んだ。

「え？」

「成績とか心配なさそうだし――ここはやっぱり、恋煩いとか？」

「違います」

「じゃあ、ふられちゃったとか」

「……なんで僕が女の子と上手《うま》くいかないって決めつけるんですか」

どうせ、ふがいないやい。

でも自分でも、女子相手に積極的じゃない事ぐらいわかってる。でも、今は彼女が欲しいとか、リア充に憧《あこが》れるとか、そういう気持ちは無かった。僕はそれ以外の部分で、ある意味充実しているし、他の悩みも多い。

今は、恋愛なんてしてる気分じゃない、っていうのが正しいのかもしれない。僕はお楽しみは最後にと、先にゴボウバゲットの袋を開けてかぶりつきながら、彼の質問に首を横に振った。

「じゃあ、何かあったんですか?」

「…………」

僕は答えに困った。嫌がらせを受けていると、他でもなく副担任の先生に打ち明けてしまって大丈夫だろうか? と。

もしかしたら、それが更に嫌がらせをエスカレートさせてしまうかもしれない。それに、先生も相談された以上、対処しないわけにはいかないだろう。瀬戸谷先生を頼りないとは言わないけれど、磯崎先生のような強引さの皆無な瀬戸谷先生じゃ、彼を困らせてしまうだけな気もする。

「ただ……人を信じるのって、難しいなって思ってるだけです。物事って上手くいかないですね」

「それは、難しいテーマで来ましたね」

なので、僕は結局無難な答えを返した。瀬戸谷先生はちょっと驚いたように、眼鏡の向こうで瞬《まばた》きをしてから、思案するように一度宙を仰いだ。

「でも……そういうのって、まずは自分を信じるところから、始めるしかないんじゃないでしょうか」

「自分……を?」

「少なくとも自分が本当に正しい事をしているなら、たとえ周りが許さなくとも、何も悩むことは無いと思う」

瀬戸谷先生が眼鏡の向こうで、目を細めて言った。そしてがぶり、とお好み焼きパンをかじる。彼は僕をじらすようにゆっくり咀嚼《そしやく》した。僕は彼の言葉の続きを待った。

「大事なのはブレないことだよ——一番大事なのはね、自分の心だ。自分の芯《しん》さえしっかりしていれば、他人の言うことなんて関係ない。誰が何を思おうと、君が気に病む必要はないと思う」

ブレないこと。自分に自信を持つこと。

僕は、気弱そうな先生の口から出た言葉に驚いた。自信とは無縁そうな人だと思っていたからだ。でも確かに彼は控えめではあるけれど、融通が利かない生真面目さは、先生にもきちんと気概というか、信念があるということなのだろうか。

「だから自分に自信を持って、頑張って下さい。そうすれば、必然的に相手のことがよく見えてくると思います……なんてね。ちょっと教師っぽい事を言ってみました」

そこまで言うと、先生は少し照れくさそうに後頭部を掻《か》いて見せた。

「いえ……ありがとうございます」

そうだ、まず、僕は今居を信じるという、自分自身を信じよう。先にお好み焼きパンを食べ終え、教室を後にする先生を見送りながらそう思った。

そうして、今居から売って貰《もら》った、残りのお好み焼きパンを手に取る。袋を破り、まずは半分に千切ろうとした僕の手に、鋭い痛みが走った。

「うっ」

パンが一気に真っ赤に染まる。

「あああっ」

右手親指の真ん中がざっくりと切れた。

お好み焼きパンの内側には、鋭いカミソリが埋め込まれていた。

■陸

ハンカチって大事だ。今まで、正直あんまり重要視してなかった。血の溢《あふ》れる指を、反対側の手で押さえながら思った。ドキドキした。怖かった。血の匂いと色で目眩《めまい》がした。

僕は気分が悪くなりながらも、急ぎ足で保健室へと向かった。走れなかったのは、走ろうとしたら手がずれて、どっと血が指の間から溢れたからだ。悲鳴を上げそうになるのをこらえ、僕は保健室までなんとかたどり着いて、乱暴にドアを叩《たた》いた。

「どうした？」

ドアを開けてくれた、保健医の日車《ひぐるま》先生が、僕の血に気がついてすぐに表情を変えた。

日車先生は一見体育の先生と思うような屈強な体型で、見るからに頼もしい。

彼は大きな手で僕の傷口を強く押さえ、止血した。傷口に触れる前、櫻子さんのようにビニール手袋をはくのを見て、僕は少し冷静になった。

「出血が多いから、ちょっと強めに固定している方がいい」

どうやら血は簡単に止まりそうにないらしい。日車先生は、内線でどこかに連絡を取った。程なくして、保健室に飛び込んできたのは、担任の磯崎先生だった。

「切ったって？」

「ああ。今止血してる」

「深いのか？」

「浅くはないね。ただ、神経には達していないと思うし、切り口も綺麗《きれい》だ。だけど関節に近いから、縫った方がいいかもしれない」

「じゃあ……病院か」

先生達のやりとりを聞きながら、僕は傷口から顔を背けるようにして、背もたれに寄りかかった。磯崎先生が来てくれて、少し安心したんだろうか。とても気分が悪くて、体に力が入らなかった。

「でも、いったい何で切ったんだ？」

日車先生が、顔を顰《しか》めた。

「それは……何で切ったか、ですか？　理由ですか？」

「両方だ」

「………」

返事が出来なかった。

「正太郎？」

磯崎先生も、怪訝《けげん》そうに僕に問う。

「……話したくありません」

そうだ、話せるもんか。どうして話せるんだよ、こんな事。

「……俺は席を外そうか？」

黙っていると、病院に行けるように、まずはテーピングでしっかり固定してくれていた日車先生が、神妙な面持ちで言った。

「あ……いえ」

なんだか急に申し訳なくなった。別に日車先生が信用できないから、話せないわけじゃない。

「ただあの……カッターの刃が滑って、ちょっと、うっかり」

仕方なく、僕はそう誤魔化した。

「じゃあつまり、君はカッターをつかっていて、『うっかり』、『利き手の親指』を、『縫うほどに切った』っていうのかい？」

だけど日車先生は、僕の嘘をあっさり見破ってしまった。

「あの……」

僕は、上手い嘘がこれ以上思いつかなかった。思わず反論に詰まって、磯崎先生に両肩を摑《つか》まれた。

「……カミソリ、です」

「カミソリ？」

日車先生と、磯崎先生の声が揃った。

「買ったパンに、カミソリが入っていたんです。気がつかないで、半分に割ろうとして、切りました」

僕は諦《あきら》めて、そう白状した。それに、これ以上は一人で抱えておくのが怖かったのだ。

「それは、本当に⁉」

「はい……一応、パンは自分の机の中に押し込んできています」

僕の話を聞いて、磯崎先生は教室に向かい、そしてお好み焼きパンを手に戻ってきた。

先生達が、慎重にパンを調べる。そこには四角い、使い捨てのカミソリの刃が入っていた。

「悪質な悪戯《いたずら》だ……他のパンも調べた方がいい」

「いえ……！」

先生達が蒼白《そうはく》な顔で席を立とうとしたので、僕は慌てて怪我をしていない左手で、日車先生の白衣を摑んだ。

「いえ、違うんです！　多分、他のパンは平気だと思います、僕のだけなんです！」

先生達が顔を見合わせ、そして僕を見た。

「ずっと……僕のだけ、なんです」

「ずっと？」

「はい、ずっと……」

僕は覚悟を決めて、先生達に話した。先週の放課後から始まった嫌がらせを。

「そんな嫌がらせ、どうして早く言わなかったんだ！」

聞き終えた磯崎先生が、声を荒らげた。

「だって……」

だって、言えるわけがない。犯人は多分学校にいる誰かなのに。もしかしたらクラスメートかもしれないのに。

だけど磯崎先生は、端整な顔を歪《ゆが》めるようにして、とても不機嫌そうな表情で僕を立たせた。

「……怒ってますか？」

「かなり。だけど今はまず、病院で治療して貰おう」

病院には磯崎先生が付き添ってくれるらしい。彼が準備をするという間、日車先生が僕を玄関まで連れていってくれた。もしかしたら、僕を一人にしないように、ボディガードのつもりだったのかもしれない。

程なくして、残りの授業や帰りのホームルームを、他の先生達に任せる段取りを整え、磯崎先生が戻ってきた。珍しく先生が走っていた。運動会の時の先生達の出し物である、職員障害物リレーの時ですら、一人悠然と歩いた磯崎先生が。

車の中、先生は本当に不機嫌そうだった。

よっぽど怒っているのか、先生の車が冬道を急いで走るには向かない軽自動車のせいか、先生は病院に着くまでずっと黙っていた。

傷は幸い、神経までは届いていなかった。でも日車先生の言うとおり、関節に近く動く部分なので、縫合した方が良いということになった。震え上がるように一瞬痛む麻酔の後、二針縫われると、僕はそれだけでまた気分が悪くなってしまった。

「……大丈夫？」

待合室に戻ると、先生が脱いでいた僕のブレザーを肩にかけてくれた。袖《そで》が少し濡《ぬ》れていてひんやりすると思ったら、先生はブレザーに付いてしまった血を、綺麗に拭《ふ》き取ってくれたらしい。

「……母さんには、この事」

「状況による」

短く先生が言った、そっけなく。椅子に腰を下ろして、僕は俯《うつむ》いた。先生は顔色の悪い僕を自分に寄りかからせ、溜息《ためいき》をついた。

待合室は混雑も一段落して、お年寄りが数人談笑しているだけだ。BGMで有名なアニメ映画の曲が、優しいオルゴールで流れている。

僕は目を閉じて、昂《たか》ぶった心を宥《なだ》めようとした。流れる赤い血を見るのは、心が激しくささくれ立つ。

母さんは、また心配してしまうだろうか。

「ただ……まだ家の方には連絡してないよ」

「……には？」

先生の微妙に含みのある言い方に引っかかった僕が、先生にそれを聞こうとしたその時、待合室の沈黙を破るような、パタパタとスリッパが床を叩く、騒々しい足音が響いた。

「少年！」

聞き慣れた声が僕を呼ぶ。

「櫻子さん……？」

「まあ……彼女に聞いてからの方がいいかと思って」

先生が肩をすくめて言った。

「怪我をしたと聞いた、大丈夫か？」

白いコートを脱ぎながら、櫻子さんが僕に駆け寄ってきた。どうやらお風呂上《ふろあ》がりだったらしく、まだ少し湿った髪と、甘い石けんの香りがする。服装もパンツこそデニムでも、上は白い縦縞《たてじま》のニットだ。櫻子さんのスタイルの良さを、僕は再確認した。

「随分早い時間にお風呂だったんですね」

「腐敗の進んだイタチの頭蓋骨《ずがいこつ》を煮たんだがね。死臭がとれなかったんだ——そんな事より何があった？」

頭蓋骨、特に脳みそは、骨取りをする時とても臭い。前に沢さんに聞いたことがある。僕は苦笑した。それでも今日は、このまま彼女と骨の話をしていたいと思った。

「少年、話したまえ」

だけど櫻子さんは強い口調で言った。僕はまた俯いて話す事を拒んだ。

「……昼食のパンに、カミソリが仕込まれていたそうです。最近そういった嫌がらせが続いていたそうなんです」

答えない僕に、仕方なく磯崎先生が僕の怪我の理由を彼女に明かす。櫻子さんの顔が険しく歪む。

「磯崎！　君の保護下にありながら、何故こんな事に！」

途端に櫻子さんが磯崎先生を厳しく責めた。

「先生は関係ないですよ！」

先生が責められるのはお門違いだ。慌てて僕が言い返すと、今度は彼女の怒りの矛先が僕に向けられる。

「そもそも君は、何故その事を私に言わなかった？」

「それは……だって、櫻子さんも忙しそうだったし、それに――」

「花房は、巧妙に人の心に毒を注ぎ込むんだ。君が協力してくれなければ、私は君を守れない」

「だけど！　僕にだって、たとえ櫻子さんにも、言えない事はありますよ！」

彼女の怒りにつられるように、僕も声を荒らげてしまった。だけど出血したせいか、怪我をしたショックが原因なのか、思わず立ち上がってしまった瞬間、ぐらりと立ちくらみがして、僕はそのまま床にしゃがみ込んでしまった。

「無理に動かない方が良い。ゆっくり、静かに呼吸をしなさい」

吐き気がした。先生はそんな僕の背中を支えるようにして、僕を落ち着かせる。

「……怪我は大丈夫なのか？」

感情的になってしまったことを、彼女も恥じているのだろうか。櫻子さんは深呼吸を一つして、やがて僕に手をさしのべてくれた。

「指を二針、縫っただけです。神経とかも、問題ないって」

「そうか……」

その手を取って、僕は椅子に座り直す。その横に腰掛け、櫻子さんは僕を労《いたわ》るように、僕の肩に腕を回した。櫻子さんの手は温かい。

「……今居が」

「イマイ？」

「親友の今居は、鴻上のことが好きなんです」

本当は、今居の為にも黙っていたいと思っていたけれど、櫻子さんのぬくもりに触れて、僕はこれ以上彼女に黙っている事にも、罪悪感を覚えた。

「……鴻上にハンドクリームを塗って貰《もら》った次の日から、こんな事が始まって。今居に、チョコを貰ったことや、ハンドクリームを付けて貰ったところを、見られていたかもしれないんです、だから……」

ごくん、と、僕は一度唾液《だえき》を飲み込んだ。何故だかとても苦い味がした。

「じゃあ……今居が？　まさかそんな」

先生が、怪訝《けげん》そうに片眉《まゆ》を上げる。

「僕もそう思いました。だけど花房のことを考えたら、それが絶対って、言えなくなってきて……」

そこまで言って、僕は深呼吸をした。瀬戸谷先生の言葉を思い出したからだ——まずは自分を信じる。

「だけどやっぱり、今居じゃないと思う。アイツはこんな陰険な事をするような、面倒くさいヤツじゃないんです。不満があったら、正々堂々正面から言う筈《はず》です。それに僕が怪我をするかもしれないことを、する筈もないとも思う」

「確かに……今居は、そういう陰険な事をする子ではないと思う。先生も」

だけど、櫻子さんだけが、眉間《みけん》に皺《しわ》を寄せた。

「あの男が関わっていたら、いくら君の親友とて、安易に信用するのは危険だ」

「…………」

僕は膝《ひざ》の上で、ぎゅっと拳《こぶし》を握った。縫った親指が鈍く痛む。

「……まあいい。これからは、私と磯崎には話せ。少なくともこの男が花房に与《くみ》することはないだろう」

櫻子さんは諦《あきら》めたようにフン、と鼻を鳴らすと、磯崎先生を見た。彼女の言葉に、磯崎先生は肩をすくめる。

「それは……私は随分と信用されているんですね」

磯崎先生は、予想外だったという、そんな口ぶりだ。

「意外なことは無いだろう。君は機会があれば、むしろあの男に復讐《ふくしゅう》したいはずだ。あの男は、君の大事な『花』を枯らしたんだからね」

磯崎先生の目が細められた。花とは、花房によって亡くなった彼の生徒、二葉《ふたば》さんのことだろうか……。

「まあいい。とにかく君の学校へ戻ろう」

「え？　来るんですか？」

思わずキョトンとして、僕は櫻子さんを見た。

「当たり前だ。このままにしておける訳ないじゃないか。『骨《真相》』探しを始めよう、少年。心配するな。私が絶対に、犯人を見つけてやる」

そうして彼女はにっこりと微笑んだ。相変わらず最高の笑顔だ。僕はほっとして泣きそうになった。

結局、また彼女を頼るしかないのか。

いつか、僕も彼女に頼って貰えるようになるだろうか？　僕は早く、もっと大人になりたいと思った。

■漆

学校に戻ると、既に授業は終わっていた。

櫻子さんは、職員玄関の方から入った。懐かしいかと聞くと、彼女は首を少し傾げた。でも僕は、廊下を一緒に歩きながら、高校生だった頃の櫻子さんを想像した。彼女が通っていた頃は、制服は今と違ってセーラー服だったらしい。

櫻子さんに、嫌がらせを一つずつ説明するように言われ、僕はまず、正面玄関まで彼女を案内した。下校時間のピークも過ぎて、玄関も平穏を取り戻している。

僕は櫻子さんと先生に、靴箱の上靴の話をした。

「なるほど、靴の紐《ひも》か」

「はい。朝学校に来ると、紐が切られていたんです。二回ですね。三日目からは、家に持って帰るようにしたので平気でしたが」

僕はぐるりと靴箱を見回した。

「毎日朝練をやっているのは、野球部とサッカー部、テニス部とバスケ部です。それ以外の生徒で、あの時間から来ている子は少ないと思います」

「別に……朝とは限らないじゃないか」

「え？」

「ようは君が学校にいない間なら、いつでも出来る」

「あ……」

考えたら当たり前だ。そもそも置きっ放しなのだから、細工なんていつでも出来るんだ。

「つまり、だ。朝ではなく、放課後の場合もある」

「そうか……考えてみたら、そうなんですよね」

僕は少しほっとした。今居を信じる材料が増えた。

「放課後……その時間に君の親友は？」

僕は答えに困った。最初の日は、今居の上靴が靴箱にあるかなんて確認しなかった。

「最近……今居は肘《ひじ》を痛めているので、そんなに遅くまで残ってないはずです。とはいえ、確認していないので、彼が何時まで学校に居たかわかりません」

櫻子さんは一度ぐるっと生徒用の正面玄関を、確認するように歩いて調べていた。今居は、今日はまだ帰っていないようで、外靴が置かれている。

「何かありますか？」

「さてね」

「九条さん、校外の人間の仕業という可能性はないんでしょうか？」

そう言ったのは磯崎先生だった。彼もまた、生徒が悪質ないたずらや嫌がらせをするとは、考えられないらしい。特にうちのクラスは比較的のんびりで、目立っていじめだとか、派閥だとか、そういう面倒くさいことはない。

「逆に聞きたいんだが、この学校は、そう簡単に校外の人間が出入りできるのか？　しかも、日に何度も？」

櫻子さんは磯崎先生の質問に、そう答えた。櫻子さんが今日、学校に入れたのも、先生が一緒だったし、そもそも彼女が学園のOGだからだ。

櫻子さんの尤《もっと》もな質問に、磯崎先生はきゅっと眉間に皺を寄せた。

「まあいい。教室へ行こう」

櫻子さんに促され、僕らは玄関を後にした。彼女は廊下を見て、不意に顔を顰《しか》めた。

「どうしました？」

「いや……私が通っていた頃より、随分と雑然としていると思ってね。少なくとも、廊下に埃《ほこり》が落ちているなんて事は、絶対に許されなかったんだが」

「櫻子さんの通っていた頃とは、確か理事長先生が替わっていますから……体制も随分変わっているんでしょう。今は共学ですし」

どこか不満そうに言う櫻子さんに、僕はそう答えた。

「……でも、そのかわり標本達は今、僕達で整理していますよ。アクリル標本も、着々と完成しています」

「そうか……今度、私にも見せてくれ」

目を細め、櫻子さんが微笑む。わかってる、その為にも僕は、標本が少しでも綺麗《きれい》に見えるように、毎日丹念にアクリルを磨いてきたのだから。

「それで……正太郎、靴以外にあった事というのは？」

本題に戻そうというのか、磯崎先生が僕らの間を割るようにして入ってきた。

「その後は昼食用に買ってきたパンに、針が刺さっていたりしました」

先生が舌打ちした。

「そういう時はすぐに言わないと駄目だ。もしかしたら他の生徒も被害にあっていたかもしれない」

「それは……すみませんでした」

昨日の今日で、てっきり僕だけをターゲットにしたいたずらだと僕は思った。だけど先生の言うとおり、もし万が一、そうでなかったら、確かに今頃大変なことになっていたかもしれない。

「針か……それは残してあるか？」

「いえ……そのまま、捨ててしまいました。色々な事がエスカレートして、昼食への細工や、机の中にゴミが――」

話しながら、教室へとたどり着いた僕たちは、そこでそのまま言葉を失ってしまった。

「……え？」

その光景は、教室の入り口からでも、おかしいという事に気がついた。

「な……ッ、なんで！」

僕の机の下が、泥まみれになっていた。

「うわっ」

「僕のシクラメンが！」

慌てて駆け寄ろうとすると、いきなり横に突き飛ばされた。磯崎先生だった。

「ああ！　嘘だ！……これは、これは長らく芳香が失われてしまっていた園芸種に、野生種の芳香を組み込んだ、希少種なんだ……」

先生が、僕の机の前で倒れ込むようにして膝《ひざ》をつく。

「……酷《ひど》い」

「この部屋にあった花か」

「はい、そこの、窓側に。シクラメンは日光が大好きなんです。なので日中は毎日、窓側の、そこの棚に……」

僕の机の中に、鉢から引きずり出されたシクラメンと、先生が飾っていた花瓶の切り花が、折り曲げるようにして押し込まれていた。椅子の下、土と手折られた花の花弁が、血のように無残に散っている。

可哀想に、先生はぐちゃぐちゃになった花を僕の机の中から救出し、抱きしめるように胸元に寄せた。

櫻子さんは、そんな磯崎先生の周囲をぐるっと一周し、険しい表情を浮かべると、先生の横に膝をついた。

「ここ……床に、何か汚れを拭《ふ》き取った跡がある」

櫻子さんは、ビニール手袋を取り出し、手首の所でゴムをならすと、隣の生徒の座席の横の床を、指先でなぞった。

「ザラザラしている。土のようだ——ふむ。そこのぞうきん、一枚濡《ぬ》れているようだな」

呆然《ぼうぜん》とした先生を尻目《しりめ》に、櫻子さんは窓際の転落防止用ポールに引っかけられた、灰色のぞうきんに手を伸ばした。どうやら濡れているみたいだ。

「普段、床の拭き掃除までするのか?」

「普段はあんまりしません。よっぽど何かこぼれて、汚れているときぐらいじゃないと」

櫻子さんの後を追って、僕も窓際に歩み寄り、ぞうきんを手にする。確かについさっき使われたかのように、ぞうきんは濡れていた。今時期は、常に暖房が入っているし、ヒーターは窓からの冷気を食い止めるため、窓際にパネルが設置されている。なので早ければ半日もすれば、ぞうきんは乾いてしまうだろう。

櫻子さんは僕からぞうきんを取り上げると、熱心に繊維を見た。使い込んだタオル地のぞうきんは、すっかり脇がほつれて、毛羽立っている。

「……磯崎、シクラメンに使う土の成分は？」

「田土3、赤玉土3、腐葉土3、パーライト1です……」

突然の問いかけにも拘《かか》わらず、胸に花を抱いて俯《うつむ》いたまま、すらすらと磯崎先生が答える。櫻子さんは、ぞうきんのほつれた部分を優しく撫《な》でて、パラ……と、米粒より小さな粒を、掌《てのひら》に落とす。

「パーライト……それは、この、小さな小石のような欠片《かけら》だろうか」

櫻子さんが先生に掌を突き出して見せた。

「はい……松脂岩《しょうしがん》や珪藻土《けいそうど》を高温処理した発泡体です。水分管理に重要なんです。シクラメンは比較的丈夫で育てやすい花ですが、それでも水分量と温度管理と、なにより日光が大事で――」

「ふむ。やはり犯人は床にこぼれた水や土を、ある程度ぞうきんで拭き取って綺麗にしていったらしい。痕跡《こんせき》がある」

自分の骨蘊蓄《うんちく》は嫌というほど披露するくせに、磯崎先生の始めた花蘊蓄をあっさり無視し、櫻子さんは教室を見回した。

「だから一つ言えることは、この教室に長時間いても、違和感のない人物の犯行だということだ。床を拭いていても不思議がられない人間だと思う」

「それって、じゃあやっぱり、うちのクラスの生……」

「正太郎！」

言いかけた僕の言葉をかき消すように、大きな声が僕を呼ぶ。

「鴻上——と、今居」

振り返ると、廊下から鴻上と今居が僕に駆け寄ってきた。

「館脇君、カミソリで切ったって……大丈夫？」

「ああ、うん……ちょっと」

鴻上が、痛ましそうな表情で、僕の傷ついた方の親指に、そっと触れた。

「深かったのか？」

今居も顔を歪《ゆが》め、まるで怒ったような表情で言う。どうやら二人は、心配して残っていてくれたらしい。

「……うん、まあ……二針縫った」

「え……？」

「お前……本当に大丈夫なのか？」

「うん、大丈夫。関節に近い所だから、その分傷がくっつきにくいらしくて。親指じゃなきゃテーピングでも良かったって言われたぐらいだし」

でもそんな説明では、鴻上達は納得できなかったらしい。「全然大丈夫じゃないよ」と鴻上は泣きそうな顔で呟《つぶや》いた。

「でも……どうしてカミソリで、指を切ったりしたの？」

さすが櫻子さんのお気に入りの鴻上だ。彼女はすぐに痛いところを突いてきた。

「え、いや……それが……」

僕は言葉に詰まった。今居の前で言うのがはばかられたからだ。

彼が犯人かもしれないし、違うかもしれない。いや、違うだろうけれど、僕は今居に譲って貰《もら》ったパンで指を切った。この事を知れば、今居本人だって気にしてしまうだろう。

そんな僕に助け船を出してくれたのは、驚いたことに櫻子さんだった。

「イマイといったか……君、腕を痛めているのか」

「え?……あ、はい」

突然、違う話題を振られた今居が、一瞬戸惑った後でこくんと頷《うなず》いた。そんな今居に櫻子さんは大股《おおまた》で歩み寄ると、突然彼の右手の中指を掴《つか》む。

「痛めたのはこっちか、右利きか?」

今居がまた頷いた。

「そうか。では肘《ひじ》を伸ばしたまま、私の手を押し返してくれ」

すっかり自分の世界に入っている磯崎先生以外、みんな櫻子さんが急に何を始めたのかわからなかった。きょとんとする鴻上。今居は困ったように僕を見て、どうしたらいいのかとアイコンタクトを送ってきた。でもそんなこと、僕にだってわからない。でも、櫻子さんのことだ。何か考えがあるんだろう。従うようにと頷くと、今居は怪訝《けげん》そうな表情のまま、櫻子さんに従った。

だけど、その表情はすぐに痛みに歪む。

「痛いか。そうだな……今のは中指伸展テストだ。今居、君は上腕骨外側上顆炎《じょうわんこつがいそくじょうかえん》を起こしているな？」

今居は頷いた。

「じょうわん……？」

「テニス肘ね」

何の事かわからない僕の横で、鴻上が言った。

「テニス肘？」

「そうだな。一般的にはテニス肘と呼ばれる。特にテニスをやっていた百合子にも、聞き慣れた病名だろう。短橈側手根伸筋《たんとうそくしゅこんしんきん》の起始部のトラブルが原因で、肘に痛みを発すると言われているんだがね、実際のところはまだはっきりは解明されていない。だが一つだけ言えることは、物を掴むなどの動作をすると痛むんだ。例えばぞうきんだ。痛くてぞうきんを絞る作業はできない」

そう言って、櫻子さんは窓にかけられたぞうきんを見た。

「だから……少年。君の考えは間違っていないだろう。少なくとも、磯崎の花を殺《あや》めたのは彼ではない」

そこまで言うと、櫻子さんは鴻上と今居を手招きして、耳元で何事かささやいた。

「え？」

鴻上が不思議そうな声を上げる。今居はといえば、その顔が一気に真っ赤になっていた。

「お願い出来るか？」

櫻子さんが今居に聞いた。

「……はい」

今居は赤い顔のまま、小さく頷く。

「え？　二人とも……？」

「そういえばあのブラウニー……甘さ控えめで、美味《おい》しかった」

また歩き出した鴻上に、今居が照れくさそうに上擦った声で言う。

「そう？　もう食べてくれたんだ！　良かった。今居君は特に体型を気にしていそうだから、あんまりカロリー高すぎない方がいいと思って……」

そんな話をしながら、二人はそのまま歩き出し、教室から出ていった。何がなんだかわからない僕が櫻子さんを見ると、彼女はにっこりと微笑んで、腕組みしたまま僕に片目をつぶって見せた。

「まあいい。とにかく今日はもう帰ろう。磯崎、同行しろ」

「ああ……僕のアーメンガード……」

「磯崎！」

はらはらと、涙をこぼしていた磯崎先生を、無理矢理立たせる。

「正太郎を家まで送りたいんだ。だが私はこの子の母親と顔を合わせられる立場ではない。その花の敵はきちんと私が取ってやる」

櫻子さんが険しい声で、磯崎先生を両手で揺すった。先生はやがて拗《す》ねたような表情で「約束ですからね」と呟き、教室の隅に置かれた鉢に、シクラメンを戻した。

「水をやっても駄目なんですか？」

「球根が……つぶされているからね。特に、シクラメンは球根に傷が付くとそこから病気になってしまうんだ」

だから、もう駄目だろう。苦々しい声で言う先生に、僕も罪悪感を覚えた。もっと早く、先生達に話していれば良かったんだろうか？　それとも先生を頼ったりしたから、これはその報復なんだろうか。

それでも犯人は今居じゃないって確信出来たことに、僕はほっとしていた。少なくとも今居はぞうきんを絞れないみたいだし、そして鴻上はちゃんと、今居にもバレンタインチョコをあげていたらしい。二人の関係も良好な様子だ。

胸の中で、一番モヤモヤとくすぶっていた不安な重しが、やっと取り除かれた気がする。やっぱり、今居の仕業なんかじゃないんだ。

「………変だ」

だけど不意に磯崎先生が呟いた。

「磯崎、今度は何だ」

「カミソリです。鴻上達はなんでその事を知っていたんでしょう？　日車《クマ》さんは絶対に——ッ!?」

言いかけた先生の口を、櫻子さんが掌で覆った。

「いいから、もう行こう」

そう言いながら、櫻子さんは磯崎先生に向かって、自分の人差し指を唇に押し当てた。黙っているように、の意味だ。

「…………」

そうして、櫻子さんは教室から出て行ってしまった。何が何だかわからない僕らは、首を傾げつつも、仕方なく、彼女に従うように教室を後にした。

怪我をした僕の付き添いと、校内の事故であるという事で、磯崎先生は僕の保護者への説明の為に、今日は僕と一緒に帰ることになった。

「ごめんなさい、先生まで」

「退屈な職員会議に出ないで済んだし、それはラッキーだったからいいよ」

とはいえ、先生がけっしてラッキーと呼べない状況なのはわかっている。

「それで、いったいどういう事なんですか？」

ひとまず櫻子さんの車に乗り込んだ僕達は、運転席の櫻子さんに問うた。

「あの教室に、盗聴器があるかもしれないと思ったんだ」

「え？」

「なんとなくだがね。でもまあ、そのぐらいの事はしているだろう。だから、一応百合子のことも今居に任せた。今日は百合子を一人で帰らせたくないんだ。幸い、今居という少年、何も聞かずに従ってくれたよ。良い子じゃないか——それで、磯崎。さっきの事だが」

「ああ、カミソリの事ですね」

　今居が櫻子さんに褒められたのは、なんだか自分の事のようで誇らしかった。だけど先生は、僕の隣でまだとても厳しい表情をしている。腕組みしたまま、彼は苛立《いらだ》ちを隠せないように、肘を人差し指でトントン叩《たた》いていた。

「正太郎がカミソリで指を切った事は、僕と正太郎、そして保健室の日車先生しか知らないはずです。他の先生達には、正太郎が指を切ったとしか話していないんですよ。状況がはっきりしていない以上、日車《クマ》さんがこの事を外部に漏らすとは思えない」

「つまり、磯崎は情報を漏らしたのは、カミソリを仕込んだ本人と言いたいんだね？」

「おそらくは」

　低い声で、磯崎先生が短く答えた。

「まあいいさ、簡単だ。それがいったい誰なのか、鴻上か今居に確認してみるといい。まあ、私はなんとなく目星はついているがね」

　櫻子さんが、バックミラーごしに薄く微笑んだ。

「え？」

「ただ、これは少し慎重に事を運ぶ必要がありそうだ――まあいい。慎重な作業というものは、私は嫌いじゃない」

くすくすと笑う櫻子さんとは対照的に、磯崎先生は仏頂面だ。

「……私は大嫌いですよ。面倒なことは、全部」

先生が盛大な溜息《ためいき》をついた。僕だけが、頭上を通り過ぎる二人の会話に困惑して、だけどやっぱり、もっと早く二人に相談するべきだったと、麻酔が切れて痛み出した親指に、酷《ひど》く後悔をした。

■捌

そして、バレンタインの二日後、放課後に僕はいつもの喫茶店にいた。

彼は約束の時間より、十分ほど早く来た。

「あ……貴方《あなた》は」

彼は店に入って僕らを見るなり、顔をみるみる強《こわ》ばらせた。櫻子さんは悠然と微笑んで、彼を席へ座るように促す。

「どういう事かわからない、という顔をしているね。まあいい、座りたまえ。この店は私も、そして君の知るとおり鴻上も気に入っている。迷惑はかけたくない……とにかく鴻上が居なくて残念だったね——瀬戸谷久道《ひさみち》」

瀬戸谷先生は当然立ったまま、櫻子さんから顔を背けた。関係ないと言い逃れするつもりだろうか？

「初めましてと言うべきかな？　いいや、違うね。君は私を知っているはずだ。百合子と一緒にいる私をね」

「あの……待って下さい。磯崎先生、日車先生、これはいったいどういう事なんですか？」

瀬戸谷先生が眼鏡を直しながら、かすれた声で問う。日車先生は返事をせずに、ただ顎《あご》で、威圧的に瀬戸谷先生に座るように促した。付き添い、と言っていたけれど、ほぼ用心棒とか、暴力担当の役回りだ。

瀬戸谷先生は、仕方なく椅子に腰を下ろした。

「すまないね、期待してきたんだろう？　だが、君の鞄《かばん》に忍ばされた手紙の差出人に、鴻上百合子とは書いていなかったはずだよ」

「…………」

「見慣れた鴻上の文字、ハンドクリームの匂い、彼女の好きなキャラクターの便箋《びんせん》、そして指定した店が彼女の行きつけの紅茶店である事に、君は浮かれてしまったんだね」

「……なんの事ですか」

「百合子にも聞いたよ。彼女も時々、友人と交わしたメモや、ハンカチが無くなったことがあるそうだ――君がやったことは、誰にも褒められないよ」

先生は、眼鏡の向こう、表情のない顔でふっと、笑った。

「そんな事……何を根拠に、私がやったと言うんです？」

「理由はいくらでもある。だが一番に、まず正太郎のクラスに出入りしていて、違和感を感じさせない人間が犯人だということだ。特に、花はやり過ぎたね。教室の床を拭《ふ》き掃除していて、生徒達におかしいと思わせない人間は、実はそう何人もいないだろう？他のクラスの生徒や教師が床を拭いていたら、おかしいと思うに違いないさ」

「そんな……主観だけで話されても困ります」

瀬戸谷先生は、意地悪さを上唇に漂わせながら、静かに言い返した。

「生徒の持ち物に触れていて、万が一言い逃れ出来るのも教師だろう。副担任であれば、多少鞄などに触れていても、机の位置を直していたとか、落ちていたとかいくらでも言い逃れ出来るはずだ。それに……百合子はあの日、他にも数人に、ブラウニーを配っていた。彼女のクラスや、他学年の生徒もいるというのに、正太郎に固執した理由は一つ、正太郎が君にとって、目に付きやすい存在だからだろう――だがまあ、物的証拠がないと言いたいなら、今すぐ警察を君の家に向かわせるよ」

「な……っ！」

「警察に通報してもいいし、学校に連絡してもいい。どちらにせよ、事が明るみになれば君の社会的な立場は危うくなるだろうね。正太郎も怪我をしているんだ。立派な傷害罪だよ。君を訴える準備は出来ている」

ガタン！ と瀬戸谷先生が立ち上がった。椅子が悲鳴を上げる。幸い店内には僕達しかいなかったけれど、僕にとっても大切なこの場所を、騒音で汚して欲しくない。

「そんな、警察はそう簡単に動きはしない！」

だのに、瀬戸谷先生は、そう大声で言った。

「随分動作が大きいじゃないか。よっぽど見られたくないのかな？ 君の家には、きっと証拠になる物が沢山あるだろうね。私は幸か不幸か警察関係の知り合いが多くてね。今すぐ警察を君の家に踏み込ませることが可能だ。電話一本で、君を破滅させられる」

「な……」

「時に、君の実家は札幌だそうだね。両親共に教員だっていうじゃないか……君が生徒をストーキングし、怪我までさせたと知られれば、両親も立つ瀬が無いな」

急に、瀬戸谷先生の顔から血の気が引いたのがわかった。彼が、パクパクと口を動かし、言葉にならない声を上げた。

「……それは、もしかして、私を脅迫しているんですか？」

「その通りだ」

瀬戸谷先生は、そのまますとんと椅子に、力なく座った。立っていられないという風に。彼は左手の親指に歯を立てるようにして俯《うつむ》いた。カチカチと、歯が硬い音を立てている。

「……爪を噛《か》む癖は、一般的に自傷行為、己の不安やストレスの現れだ」

櫻子さんが、低く、押し殺した声で言った。

「私は……」

「不衛生に見えるからね。おそらく左の親指だけ……と、自制はしているんだろう。だがその爪、他の爪も幅広く、大きくなっている。それは幼少時代からずっと、爪を噛み続けてきた為に、爪自体が変形しているのだ。前に伸びることが出来ない分横に伸びようとしている」

そこまで言うと、櫻子さんは吐息を洩《も》らした。

「……君に、満ち足りない部分があるのはわかったよ」

優しい声だった。低く、甘いぐらい。櫻子さんは労《いたわ》るように瀬戸谷先生に言って、彼の左手をそっと取った。

「——だがね。それを満たそうとする君のやり方は、残念ながら間違っている」

櫻子さんは、瀬戸谷先生の耳元に唇を近づけ、そしてまた、怒りを含んだ冷たい声で彼に告げた。瀬戸谷先生の、体がびくりと震える。

「いいか？　私達の前から姿を消したまえ。そして二度と、鴻上達に関わるな。もし君が干渉しようとしていると気がつき次第、私は私の出来る最大限の方法で、君を社会的に抹殺する」

「まさか……私に仕事まで辞めろと言っているんですか⁉」

「なに、問題はないよ。ただ自主的か、強制かの違いだろう。自分で辞表が出せないなら、私たちがこの件を学校に届けるまでだ。どのみち職を失うなら、自分からの方がいいんじゃないか？」

それは、明らかなる脅迫だった。瀬戸谷先生は顔を上げ、櫻子さんを睨《にら》む。だけど、彼女は怯《ひる》むどころか、くつくつと喉《のど》の奥で笑いを転がした。

「納得がいかない顔だな。仕方ない、君はやり過ぎたんだよ。手際もお粗末だ」

とうとう櫻子さんは声を上げて笑った。瀬戸谷先生は憮然《ぶぜん》とした表情で、櫻子さんに握られた手を震わせていた。

「君の事も調べさせて貰《もら》ったんだ。実家の住所、自宅のカーテンの色……何時何分に起きて、何をして、何処に行くか。何を食べて、何を買い、何時に寝るか。信じられないというなら、すべて答えてあげよう。ああそういえば君が昨日昼食に食べていた大根サラダだが、一緒に生のニンジンを入れるのは好ましくないよ。ニンジンのアスコルビナーゼが、大根のビタミンCを壊してしまうんだ」

「そんな……」

ひゅっと、瀬戸谷先生が泣きそうな声を出した。

「何を驚くことがあるんだ。考えてもみたまえ――君に出来る程度のことは、私にだって簡単に出来るんだよ――わかったら、今すぐ消えるんだ」

櫻子さんは、瀬戸谷先生の手を引き上げるようにした。当然瀬戸谷先生は嫌だと拒んだけれど、結局日車先生に無理矢理、脇を持ち上げられて立たされた。

その隙に磯崎先生が、すっと椅子を取り払う。瀬戸谷先生はそれに気がつかず、椅子にしがみつこうとして転んだ。結局、彼は這《は》いつくばるようにして、そのまま店を後にした。

無様な姿だと思った。だけどその姿は、哀れで可哀想だった。勿論《もちろん》、嫌な思いはさせられたけれど、教室で彼が僕に語った、信念という言葉が胸に刺さった。

彼は自分の信念の中で生きていたんだろうか？　それとも彼自身が、それを探していたんだろうか……。

「櫻子さん、あの……」

勿論、縫うほどの怪我を負わされたんだから、憎い。だけどそれでも、やり過ぎというか、なんだか弱い者いじめをしたような、胸がクサクサするような、すっきりしない嫌な気分だ。

「心配するな。実際、警察に届けたところで、どこまで彼を止められるかは不明だ。彼はまだ若いしね。もっと別の方法で、食い止める方がいい。目には目を、歯には歯を、恐怖には恐怖をだよ」

「だけど……これも何か罪になるんじゃないですか？」

「仕方がないさ。世の中、正しいことがすべてではないからね――それに彼は、君が情を寄せるような人種ではない。この世のすべての人間が、理解し合えるなんていうのは、独裁者の言うことだよ」

櫻子さんはひょい、と肩をすくめてそう言った。磯崎先生と日車先生も何も言わなかった。

悪意は、悪意しか生まないんだろうか？

事件は解決した。だけど、何一つ気持ちはすっきりしなかった。

■玖

瀬戸谷先生は、それから数日学校を休み、そして体調不良を理由に、そのまま学校を去った。

僕への嫌がらせも同時に止んだ。

でもこの事を機会に、僕は鴻上とよくお茶をする事、仲が良いことを今居に打ち明けた。今居は拗《す》ねていたけれど、その代わり週二回、一緒に鴻上の手作り弁当を食べられるよう取り持ったので、結果的に感謝されてしまった。

三人で映画も見に行くことになった。

僕はすっかり平穏を取り戻していた。

その筈《はず》だった。

だから、映画に行く日の朝、外で母さんが「もう、嫌になるわ！」と言って、玄関を掃除しているのに気がついて、僕は玄関先で凍り付いた。

「ど……どうしたの、母さん」

「なんかね、最近しょっちゅう、家の前に動物の死骸《しがい》が落ちてるのよ。これって、やっぱり嫌がらせか何かだと思う？　警察に言った方がいい？」

ぞくっと、寒気がした。

僕も、一度ネズミの死骸を片付けた。あれは一度きりだと思っていたのに、そうじゃなかったのだ。

「……もしかして、ずっと？　何回も？」

「ええ、もう三週間ぐらいよ。数日置きに。もう、気味が悪くて仕方ないわ」

咄嗟《とっさ》に瀬戸谷先生の顔が頭を過《よ》ぎった。

だけど、そんな筈はない。多分。だけど先生じゃなかったら、いったい誰の仕業なんだろう？　目の前が暗くなった。

――モシ、アノ嫌ガラセガ、瀬戸谷先生一人ノ仕業ジャナカッタラ？

全部、一つずつ、彼の仕業と照らし合わせたわけじゃない。だけどまさか、他の人間が関わってるかもしれないなんて、考えてもいなかった。

花房の姿が、また僕の脳裏にちらつく。巧妙に日常を壊す、あの邪悪な怪人が。

もしかして、ウルフも花房に攫《さら》われたんじゃないかって、そんな不安すら、僕の中に湧き上がる。

慌てて家の前に落ちていた、野鳩の死骸を新聞紙にくるみ、櫻子さんの所へ向かった。映画をキャンセルする事になってしまいそうだけど、まあいいや。これを機会に、鴻上と今居の仲が進展するかもしれない。

途中、櫻子さんに連絡をした。

家に着くと、僕が来たことと野鳩の死臭に、ヘクターは大喜びで家中を駆け回って、ばあやさんにきつく叱られてしまっていた。

「これか」

「はい……」

ガサガサと、新聞を、九条家のダイニングテーブルに広げた。ばあやさんは嫌そうな顔をして、せめて玄関でお願いします！　と怒った。だけど櫻子さんは、今回ばかりは従わないで、明るいところで、ルーペを手にじっくりと鳩を調べた。

「キジバトか……ふむ。首の骨が折られている」

「死因は、それですか？」

僕は、痛々しい野鳩を見下ろした。

「わからない。骨にまで達する傷が胸にある。突き刺した痕《あと》だ」

そう言ってから、櫻子さんは思案するように、しばらく黙ってキジバトを見下ろしていた。

「何か、わかりそうですか？」

「そうだな……雪の上に、足跡は？」

「わかりません。家の前、ロードヒーティングにしているので……」

「そうか……」

雪かきが大嫌いな母さんは、去年自宅前をリフォームして、雪が積もらないようにしてしまったのだ。

「うん……そうだな。私が思うに、これは大きな獣に襲われた痕だと思う」

「え？」

「人間がやった可能性も否定は出来ないが……ここに歯形がある。私が見るに、犬の仕業じゃないだろうか？」

「……犬？」

呟《つぶや》く僕の手に、ヘクターが鼻を押しつけてきた。切った指を気遣ってくれてるのか、そっと優しく、濡《ぬ》れ鼻がすり寄せられる。フン、と鼻を鳴らし、彼は僕に手を広げるように要求した。

僕は求められるまま、無傷の左手で、冬毛でもう、どこからが身なのか全くわからないぐらい、ほわほわ綿飴《わたあめ》の塊に、遠慮無く手を突っ込んで撫《な》でてやる。

「犬って……それって、もしかして大型犬ですか？」

「そうだな。歯形を見る限り、おそらくヘクターと同等か、もう少し大きいかもしれない……どうした？」

耳を一袋買った。

「いいえ……」

ヘクターをぎゅっと抱きしめた。人間とは違う、動物の匂いがする。

僕はなんとなく、この猟奇的犯行の犯人が、わかったような気がした。

キジバトを櫻子さんに献上し、僕は家に帰った。途中、ペットショップで、大きな豚耳を一袋買った。

「ウルフ――」

家に帰って、庭で野犬を呼んだ。

薄情で、ちっとも懐いてくれないと思っていたけど、きっと彼女は彼女なりに、僕に恩を感じていたんだ。

「ウルフ、おいでよ、一緒に遊ぼうよ」

そう、空に呼んでも、返事はない。

「ウルフ……」

呼んでも呼んでも、ウルフは僕に姿を見せなかった。その時、救急車が近くを走って行った。サイレンを聞くたびに、本当に狼のように遠吠《とおぼ》えをしていたウルフを思い出して、僕はそのまましばらく、家に入ることが出来なかった。待っていたら、あのどこか寂しい吠え声を、聞けるんじゃないかって、そんな気がしたからだ。

翌朝、置いておいた豚耳は消えて、カラスの死骸が一羽、お礼のように残されていた。

そうだ、やっぱり動物の死骸は嫌がらせじゃなくて、ウルフの恩返しだったんだ。

でもこんな恩返しより、あの精悍《せいかん》な顔を、首を、撫でさせて欲しいのに。

僕はウルフを抱きしめたかった。


生きる世界が、違うんだろうか。

どうしても、わかり合えないんだろうか。

優しく接すれば、愛しささえすれば、いつかは距離なんて縮められると思っていた。

僕が思うより、世の中は角張って、鋭くいびつな形をしている——僕は高校一年の冬、その事を知ったのだった。

第弐骨　アサヒ・ブリッジ・イレギュラーズ

旭橋《あさひばし》は、川の街旭川を代表する橋の一つ。旭川の広報誌の名前も『あさひばし』だし、旭川の街そのもののシンボルで、「北海道遺産」の一つにも数えられている。

それは綺麗《きれい》なアーチ橋で、橋も、そして旭川を囲む山の稜線《りょうせん》を、ぐるっと見渡せるその風景も、とても印象的で美しい。

絵を描くのが趣味だったお祖父《じい》ちゃんが、何度も題材にしているぐらい、建築物に疎い私でも、これは素敵だと思ってしまう。

でもこの橋は、お別れの橋でもあると、お祖母《ばあ》ちゃんが言っていた。軍人さんが、戦争に向かう時、みんなこの橋を通って出征したそうだ。

そんな悲しい記憶の残る橋の上で、私はその日憂鬱《ゆううつ》だった。

二月の初めの金曜日。旭川の冬の一大イベントである、旭川冬まつり開催初日の今日は、午後七時から花火が上がる。元々花火は大好きだし、特に寒い冬の花火は、余韻すら許さずに一瞬でジュッと潔く、儚《はかな》い。

だけどこういうイベントって、一緒に行く相手が誰かって事が、一番大事だと思う。

仲の良い友達が、クリスマスや冬休みの間に、軒並み恋人を作ってしまったせいで、五人連れ、私だけが一人、隣に歩く人がいなかった。

恋人がいるのは羨《うらや》ましいと思う。好きな人と手を繋《つな》いで歩くのは、きっと幸せだと思う。だけど夏に告白されて、一週間だけ付き合った男子と、私はあんまり上手《うま》くいかなかった。

結局、私は恋人と過ごすより、家族だったり、自分のやりたいことだったり、友達の方が大事だった。

寂しいけど、恋人がいたら良いって、時々すっごい思うけど——でも、私はもっと、櫻子さんみたいに、一人でかっこいい女の人になりたい。誰かに守られるより、守れる人間になりたいって、この頃強く思う。

「鴻上は好きな子いないんだっけ？」

友達のマナの彼氏、トーマ君が言う。面食いのマナらしく、背も鼻も高くて、野球部で、格好良い。

「ほら、ユリは真面目だから」

そんなトーマ君に、マナが呆《あき》れた声を出した。マナは何かにつけ、私に恋人を見つけようとしていたけれど、いい加減私にその気がない事に気がついて、もう無理だと諦《あきら》めたらしい。

「そんな事ないけど……」

「だよね。百合ちゃんそんなに可愛いんだから、勿体《もったい》ないよね」

もう一人、チカの恋人、ケン君が言った。チカが隣で、拗《す》ねたように顔をくしゃっとさせて私を睨《にら》む。やめてよ、私なんにもしていないのに。

「恋人とか、もう……自分でもよくわかんない。わかんないから当分いらない」

私は説明するのもおっくうになって、そんな風に答えた。実際自分でもよくわからなかったし、そもそも四人とも、もう別の所に興味を移してる。

マナとトーマ君は、橋の上から見下ろす、冬まつりの雪像に。チカとケン君は、繋いでいるお互いの手に。

別に良いの。私だってちゃんと手袋してるから、一人でも十分あったかい。それに、ポケットにはカイロが入ってる。嫌なのは、一人で可哀想って思われてる事だけ。

「あれ？　でも百合ちゃん、冬休みに館脇とスーパーでアイス食べてたよね？」

不意にケン君が言った。

「え？」

「館脇か、いいヤツじゃん」

トーマ君も頷《うなず》く。いつの事を見られたんだろう？　紅茶なら二人でよく飲むけれど。

「そお？　ユリには合わないタイプだと思うな。それより今居君の方が、グイグイ行く感じだし、格好いいんじゃない。おんなじテニス部だったでしょ？」

「うん……」

合わないタイプ？　そもそも私に、どんな人が合うんだろう。マナが推してくれた今居君とは、確かに時々話をするし、悪い人では無いと思うけど……なんとなく、何を考えているのかわからなくて怖い。私も自分から話すのは、本当は得意じゃないし、そもそも何を話していいのかわからない。

「そうだバレンタイン、今居君になんかあげなよ。ほら、ユリの作るブラウニー。あれ、すっごく美味《おい》しいし」

「ブラウニー？」

私はマナの提案に、一瞬困惑した。でもよくよく考えたら、確かに部活に入っていた頃は、今居君にもお世話になった。ついでに館脇君や櫻子さんの分も焼いて、今年は手作りバレンタインもいいかもしれない。

「今居君、女子に興味ないから無理でしょ」

するとチカが素っ気なく言った。私も頷いた。そうかなあ？　って首を傾げて考えているマナに、内心それ以上触れないでって思った。だってチカは去年、今居君に告《こく》って玉砕してるから。

「でも館脇君も、やめた方がいーよ、ユリ」

「え？　どうして？」

「最近……なんかトラブルに巻き込まれたって聞いたの。実は素行の悪い人とつきあってるって。そういう人には見えないし、優しい感じだから、私はあんまり信じてないんだけどぉ」

恋人の前だからか、普段よりも甘ったるい声でチカが言った。

「でも冬休み中、交通事故って言って入院してたらしいけど、本当は刺されたらしいよ？　それで高い個室で入院してたんだって。警察の人とか色々来てたみたい。入院してた友達が言ってた。人って見た目とかじゃ意外にわからないのかもね」

「へえ、意外。アイツ大人しそうなのにな？」

トーマ君が驚いたように言った。その腕にマナはしなだれかかった。

「あ、でも私も、死んだ動物拾ってたって話聞いたことある。たまたま、美瑛《びえい》行く途中にドライブしてた子が見てたって！」

「それ……普通に犯罪じゃないの？」

うわーと、チカが体を震わせる。

「それは……」

私は言葉を失った。だってそれは、別に館脇君が悪いんじゃなくて、多分櫻子さんのお手伝いをさせられていたんだと思う。

「……どうしたの」

「ううん、なんでもない」

すっかり私は気分が、というか機嫌が悪くなってしまって、しばらく黙り込んでしまった。館脇君がそんな人じゃないっていうのはわかっているし、でもわかっているけど、それをマナ達に説明出来ないと思った。

だって櫻子さんの事を話さなきゃいけなくなる。マナ達は、絶対に櫻子さんの事を理解しないに決まってる。

でも、ここで何でもないって答えてしまった自分の事も、私は嫌いだと思った。館脇君にとても悪い気持ちになる。

それに、私がそんな事に悩んでることなんて、多分マナ達は本当はどうでもいいんだろう。四人はめいめい、それぞれ二人だけの世界を作って、べたべたしたり、くすくす笑いながら、顔を寄せ合って話をしている。私は心の底から、四人と一緒に来てしまったことを後悔した。でもこの先、こんな事が増えて行くだろうし、恋人を作らないって、きっとこういう事なんだろうな。

別になんにも悪いことはしてないし、彼女たちをマネたいとも思わない。なのに、なんだか自分だけ否定されているような、置いて行かれているような、そんな不安な気持ちになってしまう。

「……あ」

そんな事を思いながら、橋の下に広がる冬まつりの風景を眺めていると、気がついたらマナ達の姿がなかった。

「…………」

電話で連絡しよう。そう思ってスマホを取り出したけど、着信履歴からマナの番号にリダイヤルしようとして――でも結局、やめた。

「……まあ、いっか」

四人と一緒でも独りなら、一人でいてもおんなじだ。私は開き直った。一瞬、館脇君にメールしてみようとも思ったけれど、またどうせ、櫻子さんと一緒に決まってる。

私は四人の事は諦めて、のんびりと旭橋を歩き出した。冬まつりの会場を一望できる橋の上から、人の流れに身を任せる。四人の隣での独りは寂しいけれど、一人の独りは、もう少し優しい気がする。

少なくとも、すれ違う人たちの笑顔や笑い声は、私をイライラさせたりしない。お祖母ちゃんに手を引かれて歩く、小さな子を眺めていると、私もお祖母ちゃんと一緒に来た日の事を思い出して、なんだか温かくなった。

まあいいや。

そんな楽しそうな人たちを眺めているうちに、私はそんな気持ちになった。まあいいや、つまらない事なんて、まあいいや。

「…………」

ちょっと気持ちも軽くなって、私も楽しい人たちの流れに紛れ込もうとしていると、橋の欄干に身を乗り出すようにして、じっと石狩川《いしかり》を眺める、一人の女性に気がついた。

風に寒そうに靡《なび》く黒髪。黒いダウンコート。雪の中の世界で、彼女はぽっかりと、まるで落とし穴みたいに異質に浮かび上がった。

でもそれが、彼女の纏《まと》う色のせいだけじゃない事に、私はすぐに気がついた。彼女の顔だ。微笑みを浮かべて行き過ぎる雑踏の中、その人はとても辛《つら》そうな、悲しそうな、今にも泣き出しそうな顔をしていたからだ。

なんて悲しそうなんだろう……そう思った。

不意に彼女が突然、空に何かを投げた。川へ向かって。そのほぼ同時に、一瞬息が詰まってしまうような強い突風が、人混みを引き裂くように吹いた。

「けほっ」

うっかり吸い込んでしまった雪に噎《む》せる。橋の上は、風から身を守るすべがなくて、みんな互いに身を寄せあっていた。一人の私は、仕方なく橋の欄干にしがみつくように摑《つか》まった。

黒いコートの女性も、すがるように欄干を摑んでいる。

女性は、何かを探すようにしばらく身を乗り出して、川を見下ろしていた。けれど、やがて突然身を引いて、歩き始めた。何かを諦《あきら》めるように。

その姿があんまり熱心だったので、私は少し早足で、彼女の立っていた場所へと向かった。勿論《もちろん》、同じように下を見下ろしても、特別な事はなにもない。ただ黒くうねる川と、冬まつりの雪像や、冬マルシェや、行き交う人が見えるだけ——だと、思った。

カサッ。

爪先《つまさき》が、何かに触れた。

「……手紙？」

最初は、てっきりゴミだとか、お祭りのチラシかと思ったのに。視線を足下に下ろすと、白い封筒が一通、欄干に張り付くようにして落ちている。

私はそっと、手紙を拾った。中に何か物が入っているらしく、振ると封筒の中で重たく滑る。

手紙は封をされていた。裏返したけれど、宛名《あてな》も何も書かれていない。真っ白い封筒だった。

「…………」

見回してみたけれど、女性の姿はなかった。中を、開けるのは失礼だろうか？　私は躊躇《ためら》った。

だけど、このままでは、誰へのものかわからない。差出人は多分、さっきの女性だと思う。探していたのがこの手紙なら、出来ることなら彼女に届けてあげたい。

私は悩んだ末に、手紙を開けてみることに決めた。

封筒を覗《のぞ》くと、便箋《びんせん》が一枚入っている。そして、指輪が一つ。

指輪は、女性サイズだ。銀色——多分プラチナ製で、少し黄色がかった透明な宝石が、中央で輝いている。

こんな物を、本当に橋から捨てたんだろうか？　本当は封筒が手から飛んでいってしまったのかも。だってこの指輪は見るからに、安い物じゃない。

だったら、きっと困っているはず……私はせめて、黒いコートの女性へ繋《つな》がりそうな、何か電話番号とかメールアドレスがないか、そう思いながら便箋を開いた。

瞬間、驚きに、胸に刺されるような鋭い痛みが走った。


『ごめんなさい　あの人の所へ旅立つ私を　どうか許して下さい』


「な……これ……遺書？」

便箋を手にした指が震えた。寒さのせいじゃない。

「そんな、どうしよう……」

急ぎ足で橋を渡りきり、辺りを見回す。でも、やっぱりさっきの女性の姿は見えない。

どうしよう、どうしよう、どうしよう……。

私は心の中で繰り返し呟《つぶや》きながら、黒いコートの女性を探した。早く彼女を見つけないと、大変な事になるかもしれないと私は思った。

焦っていても仕方がない。だけど、焦らずにはいられない。段差で躓《つまず》きそうになって、私は慌てて封筒を強く握りしめ、万が一無くさないように、ポケットに押し込む。ポケットの中のスマホに指が触れて、私ははっと大事な事に気がついた。

「……そうだ、櫻子さん」

ポケットから、スマホを取り出す。櫻子さんなら、手紙一通からでも、さっきの女の人の事を調べられるんじゃないかって、そんな気がしていた。たった一通の手紙から、依頼人がボヘミア国王と見抜いたホームズみたいに。

「もう！　なんで肝心なときに出ないの⁉」

だけど、館脇君に電話をしても、彼は出てくれなかった。私は櫻子さんのお家《うち》の連絡先を知らないし、櫻子さんはスマホを持たない主義。館脇君経由で無ければ、私は櫻子さんに連絡するすべを持っていない。

二回、続けてかけた。仕方ないのでメールを送っておく。気がついたら、至急連絡を下さい――。

館脇君に連絡がつかないと思うと、途端に不安が高まった。私一人でどうにかしなきゃいけない。

「あ、そうだ、インフォメーションに……」

遺書という事は伏せて、落とし物だとか、迷子さがしのアナウンスをかけてもらえないだろうか？

必死に知恵を絞って、私は会場のインフォメーションセンターに頼る事を考えた。会場のどこだろう？　橋の端っこ、レトロな街灯の下で、お祭りの公式サイトをスマホで確認し、会場の地図を探す。

人が多いのに、ついスマホの画面に集中しすぎて、私はドン、とうっかり人にぶつかってしまった。

「あっ、ごめんなさい」

甘い、花のようないい匂いのする人だった。でも、ぶつかった体は硬いし、背も高い。男の人だとすぐに気がついて、私は口早に謝って距離を取ろうとした。

「歩きスマホは危ないよ、鴻上」

「え？」

おざなりに謝るだけで、画面から顔を上げないままだった私は、名前を呼ばれたことに驚く。

「え？……磯崎、先生？」

顔を上げ、目の前のニット帽にマスク、マフラー、ダッフルコートという、厳重装備な男性を見上げて、一瞬誰なのか悩んだ私は、だけどその声と、サラサラな前髪に、やっとそれが誰なのかわかった。

生物の磯崎先生。館脇君の担任の先生で、櫻子さんとも仲がいい。この前、櫻子さんの家のパーティでも一緒だった。

「あ、えーと、何だっけ、花子ちゃん？　蘭子ちゃんだっけ？」

その横で、もじゃもじゃ頭の男の人が、私を指さした。

「百合子です」

同じくパーティで会った人だ。ええと、確かお巡りさんをやっている——そうだ、内《う》海《つみ》さん。

「どうして二人が？」

なによりもその予想外の組み合わせに、私は本当に驚いて、ついそのまま疑問を口にしてしまった。

「彼に、急に誘われて」

磯崎先生が、憮然《ぶぜん》とした表情で言った。

「いやー、彼女にフられた翌日に、一人なんて可哀想でしょ」

はっはっはと、笑いながら内海さんが言う。

「ふられちゃったんですか？」

磯崎先生を指さして聞くと、先生は私の指をぐいっと内海さんに向けた。自分じゃないと言うように。

「まあねえ、三ヶ月ぐらい連絡無かったから、そんな気はしてたんだけどねえ」

三ヶ月……それは、多分一ヶ月の時点で気づくべきじゃないの？　そんな事を内心思いながら、私は苦笑いで「そうなんですね」と相づちを打った。

「僕がこんな可哀想な状況なのに、イッちゃん、誘っても嫌だって言うんだよ。交換条件で、今度の休みに札幌でやる映画を見に連れていけって酷《ひど》いよね」

「映画？　なんのですか？」

「単館系だから、旭川じゃ観られないんだ。ドイツの園芸家の一生を描いた話」

先生が答えた。先生の車は小さいので、冬に札幌まで運転するのは辛いんだそうだ。

「それで……鴻上は？　一人？」

心配そうに聞いてくれたのは、磯崎先生だ。

「いいえ。マナ達と一緒だったんだけど、はぐれちゃって……」

「そりゃ寂しい、一緒に行こうか？　いやあ、僕もさあ、男一人でいるのは、本当に寂しくてねえ、そんなら、どうせ一人で暇してるだろうから、イッちゃんを誘ってね。彼女いないのも寂しいけど、友達もいないよりはマシかなーと思って」

「友達じゃないけどね」

ぼそっと磯崎先生が呟いた。

「え⁉　僕らこんなにいっぱいメールしてんのに⁉」

「来るから、仕方なく返してるだけです」

「じゃあ、イッちゃんからも送ってよ！」

鬱陶《うっとう》しいぐらいにペラペラとよく回る口で、まとわりついてくる内海さんから顔をそらし、磯崎先生が溜息《ためいき》をついた。なんだか対照的というか、仲が良いのか悪いのか、全くわからない二人だと思った。

だけど普段涼しい顔の磯崎先生が、そんな困った顔をしているのは、少し面白い。だけど、私はそんな二人をのんびり見ている訳にいかなかった。

「あの……すみません、私、ちょっと急いでて」

「え？　ああそっか、友達探してるんだっけ。一緒に探してあげようか？」

「いえ……」

私は思わず断ってしまった。だけどよく考えたら、協力してもらえるなら、そっちの方がいい。

「あの、先生」

「うん?」

「これ……さっき、拾ったんです」

「これは?」

私は先生に、白い封筒を手渡した。

「旭橋の上から、捨てた女性がいたんです。でも突風が吹いて、私の方に飛んできて」

先生は便箋を開いて、すぐに表情を曇らせた。

「これ……遺書?」

内海さんも、驚きにかすれた声を出す。

「あと……これが同封されていて」

ポケットの中の指輪も、二人の前に出した。そして私はさっき見かけた女性の事を二人に説明した。

「婚約指輪……かな」

「デッケー! ダイヤか? これ」

ダイヤ……やっぱり。私もそうなんじゃないかって思ってた。

「……内海君、油性ペン持ってる?」

先生が、ちょっとけだるそうな声で言った。

「油性ペン？　油性のボールペンならあるけど？」

「持ち歩いてるんですか？」

それは用意がいい。

「まあ、何かの時の為に。印鑑とね」

「印鑑も？」

「仕事でも沢山使うんだよ、印鑑は。勤務中とか、必ずお巡りさんはポケットに入れてんの。調書を作る時ね、それが後から減ったり増えたりしてない証明に、真ん中で半分に折って、下のページと割り印したりするんだよ。他にも何かと印鑑を押す機会が……」

「いいから！　油性ペン！」

話し出すと止まらないらしい、内海さんに、磯崎先生がとうとう声を荒らげた。

「それで、油性ペンが何？」

慌てて、内海さんが胸ポケットからボールペンを取りだした。先生は革手袋のまま、ボールペンで指輪の石を、ちょん、とつついた。

「ダイヤモンドは……油が馴染《なじ》みやすいから、油性なら線が書き込めるんだ。触ると曇るのは手の脂がつくからなんだ。逆にジルコニアなんかだと弾《はじ》かれる」

「すげー、イッちゃん理科の先生っぽい」

そんな内海さんの褒め言葉？　を、磯崎先生は華麗にスルーした。

「弾かない……ダイヤっぽいね。でも、人工のかな」

「人工ダイヤ……って、ジルコニアとは別なんですか？」

「ジルコニアはジルコニウムを酸化させて作る模造ダイヤ。人工ダイヤは炭素に熱処理したものだから、性質は全く違うよ」

そんな違いがあるとはわからなかったので、私はふうん、と頷《うなず》いて先生の手元を覗《のぞ》き込んだ。

「人工と天然じゃ、やっぱり見た目は違うんですか」

「違うだろうけど、先生はそこまでわからないよ。だからなんとなくだけどね。でも普通、本物のダイヤなら、橋から捨てないと思う。けして安くないサイズだ」

先生はそう言いながら、指輪を色々な角度にして見ていた。

「若い人だった？」

「あ、わかりません。でも……先生と同じぐらいだったと思います」

多分、三十代とか、そのぐらい。そんなに年齢はいっていなかったと思う。

「三年前の日付と……あと……K・H　Main dans la main tout le temps……フランス語だ。日付は結婚記念日かな」

「結婚してたった三年……遺書の内容は、あの人の所へ、か」

内海さんが渋い顔をした。

「まあ……簡単に推理するなら、結婚前に好きだった相手がいて、その人が死んじゃったんで、我慢できずに自分も後を追うことにした……そんな感じかな」

なんとなく普通じゃないというか、そういう陰を感じると、内海さんが唸《うな》った。それには同意だけれど、でもまだ何となくしっくりこない。

「でも、じゃあどうしてここから、手紙を捨てたんでしょう？」

私は疑問を口にした。

「そらあ、石狩川に飛び込もうとしたら、この人の数だし、やっぱり別の所にしようと思ったんじゃないか？」

「だったら、ここで遺書を捨てない方が良いのでは？……それとも、飛んじゃっただけだったのかな」

でも……私にはあの時、やっぱり彼女が自分で、手紙を投げたように見える。そんな私達のやりとりには加わらず、先生は思案していた。

「イッちゃん？」

「この Main dans la main tout le temps……フランス語で、確かずっと手を繋《つな》いでという意味だったと思う」

「ずっと、手を」

「………」

私と内海さんは、顔を見合わせた。そんな特別な指輪を、彼女は橋の上から投げ捨てた……。

「ま……これで、思いとどまったんだったならいいんだけどね」

「でも、とても悲しそうな表情で、辛《つら》そうで……だから、その人に目がいったんです。他の人達は、みんな楽しそうだったから」

私は、流れていく人達を振り返って言った。

「まあ、そういう人も中にはいるでしょう。まあいいや、先生はそろそろ行くよ。ここに立ってても寒いだけだし」

でも一緒に心配してくれている内海さんと違い、磯崎先生は急にこの指輪に興味を失ったように、私の掌に指輪をコロリと落とした。そしてマフラーをまき直しながら、立ち去ろうとする。

「おいおいおい！　イッちゃん！」

「このまま放っておくんですか⁉」

だけど驚く私達に、先生も驚いたみたいだった。

「でも……本来ここに捨てようとしていた物なら、本人の望み通りにするべきだと思う」

「するべきだって、イッちゃん。アンタこのままその人を見殺しにするつもりかい？」

「それは、本人の自由だ。僕らが四の五の言う必要はないよ」

「自由だって？　齋《いっき》さん、本気でそんな風に思ってんの？　命ってのはねえ、誰の自由にもならないし、なっちゃいけないものなんだよ！」

「あ、あの、二人とも……」

急に言い合いを始めた二人に、私は慌てた。先生が冷たい目で私達を見ている。

「とりあえず、探してみようよ！　どんな人なのか説明できる？　絵とか」

内海さんは、そんな磯崎先生を押しきるように、私に言った。

「絵？」

「待って、今どっかにメモ用紙がさ……」

そう言って内海さんがポケットを探り出したので、先生は溜息《ためいき》をついてスマホを差し出してきた。簡単な機能の、ペイントソフトが立ち上げられている。

「おお、そっか、その手があったか」

内海さんが私に先生のスマホをぐいっと押しつけた。

……絵、か。

「えっと、黒いコートで、髪が長くて……」

私は仕方なく、私の描ける限りの似顔絵を、先生のスマホに描いた。だけどそれを見て、内海さんと磯崎先生が、二人揃って沈黙する。

「……ふ」

「ふ？」

「百合ちゃん、もしかして……ふざけてる？」

「……うん」

私は首を横に振った。申し訳ない気持ちで一杯だった。私はお世辞にも、絵は上手《うま》くない。その自覚はすっごいある。昔からネコを描いたつもりなのに、「馬？」と聞かれたり、正直自分でもトラウマになりそうな勢い。

「くそ、似顔絵とか、俺も描けたら良かったんだけどなあ」

内海さんが宙を仰いだ。

「何か、特徴的な部分は？　芸能人の誰かに似てたとか」

先生が仕方ないという表情で私に聞いた。

「あ！　ええと、そうだ、芸人さんの。よく、ロックを歌う人に似てました！」

先生の良い助け船のお陰で、私は絵よりももう少し親切に、内海さんに黒いコートの女性を説明できた。だけど、顔を見たのは本当に僅《わず》かな時間だったし、距離もあったし、正確な特徴は、どうしても細部までは思い出せなかった。

「じゃあ、とにかく探してみよう」

内海さんが力強く言った。磯崎先生は隣で本当に迷惑そうに溜息をついて、仕方ないなあと呟《つぶや》いたものの、でもやっぱり今にも帰りたそうに、顔をくしゃくしゃにした。

でも、探すと言っても、それは本当に簡単な事じゃなかった。

髪が長く、黒いコートの人を、片っ端からチェックする。そんな人は、お祭り会場に沢山いた。すぐに心が折れそうになった。

「いないなあ」

がっくりと言う内海さんに、磯崎先生が当たり前です、と相づちを打った。今度は内海さんが、そんな磯崎先生を無視した。本当に、仲が良いのか悪いのか、まったくわからない二人だと思う。

「二人とも、本気でまだ探すつもり？」

磯崎先生が、辟易《へきえき》として言った。先生はさっきから、それより冬マルシェで何か食べたいとゴネている。

「ごめんなさい、もう少しだけ……」

私がそう答え、内海さんにも同意を求めようとすると、気がつけばいつの間にか内海さんが隣から居なくなっていた。

「内海さん？」

あれ？　と思って、周囲を見渡す。

「あ……」

すると内海さんは、通りの反対側で、ぽつんと立ち尽くす、小さな男の子の方へ歩いて行くところだった。

「どうしたー、坊主。かーちゃん達とはぐれちゃったのか？」

内海さんが、男の子に声をかけた。黒いジャンプスーツに、流行《はや》りの妖怪《ようかい》アニメの帽子をかぶっている。頬を真っ赤にしたその子は、声をかけられた途端に泣きそうに顔を歪《ゆが》めて、一瞬逃げようとした。

「大丈夫。お兄さん、お巡りさんなんだ。内海巡査といいます！」

内海さんが、しゃきんと男の子に敬礼して見せた。だけど男の子は、ますます泣きそうな顔をする。

「あー、泣くな泣くな。もう大丈夫だって。なあ？　誰と来た？　かーちゃんか？　心配すんな。お巡りさんがちゃんと見つけてあげるから」

「あ……」

そこで私は、黒いジャンプスーツを着た男の子の、足の間が濡《ぬ》れていることに気がついて、内海さんにアイコンタクトした。

「ああ……？　あー……そっか、間に合わなかったか……。いやいや、気にすんな、そりゃ仕方ないよ、混んでるんだから。お巡りさんなんて、大人になってんのにまーだ時々やっちゃうんだよね。でもこのままじゃ風邪引くから、一緒に迷子センターに行こう」

内海さんは、相変わらず畳みかけるように男の子にそう言った。だけど、それは威圧的な感じではなくて、親しみを感じる優しさが含まれている。

「じゃあごめん！　百合ちゃん！　まず坊主送ってくるから、また後で合流しよう！」

「あ、はい！」

しゃきん、と彼が敬礼をして言ったので、私もつられて同じように敬礼をした。内海さんは、男の子としっかり手を繋いで、人混みに消えていく。

振り返ると、磯崎先生は寒そうに身を縮こまらせ、道の端に佇《たたず》んでいた。先生は寒がりらしい。

「あ……」

先生の所に戻ろうとする私のスマホが、メールの着信を伝えた。館脇君かと期待して、慌ててチェックすると、それはマナからのメールだった。

『チカとトーマまで見失っちゃった』という、泣き顔の絵文字と一緒の受信を、私は気がつかなかったフリをすることにした。それより、今は黒いコートの女性だ。

もう一度、館脇君に電話したけど、彼はやっぱり出てくれなかった。

これは絶対に、櫻子さんと一緒だ。１００％そうだ。狡《ずる》い。館脇正太郎のバカ、意地悪、もう二度とシフォンケーキ、半分こしてあげないんだから。

「ごめんなさい、先生」

諦《あきら》めてスマホをポケットに戻し、一人待たせてしまった先生の所に戻ると、そうお詫《わ》びした。だけど先生は首を横に振る。

「いいけど……もう、これぐらいでいいんじゃないかな」

「これぐらいって……」

「本気で、この人混みの中から、名前も知らない、顔もよく覚えていない人を、探し出せると思ってる？」

胸がずきん、とした。

「でも、顔を見ればきっと――」

「親はきっと、さっきの子を必死で探してると思う。それでも、彼らは子供を自分たちで見つけられなかったんだ。親でもだよ。それなのに、どうして僕達が、見知らぬ誰かを見つけられるんだろうね」

冷ややかに、冷静に、先生が呟くように言う。

「でも！」

「別に……鴻上が、責任を感じる必要は無いんだよ。このまま彼女を探せなくても仕方がないし、むしろ当然だと思う。それで彼女が帰らない人になっても、それは鴻上の責任じゃない、彼女自身の問題だ」

磯崎先生は、暗くなり始めた灰色の空を見上げた。ちらちら、弱い雪が降り始めている。今日は暖かいので、ふわっと大きな牡丹雪《ぼたんゆき》だ。優しいカタチの雪。

だけど、雪は白くて優しくても、やっぱり冷たい。

「内海君は、命は誰の自由でもないと言ったけれどね、自分の命を自由に出来る権利をもつからこそ、人間なんだと僕は思う」

「権利……？」

「うん。自分の生と死を選択し、自分で責任を持てるのが、人間だと思うんだ。少なくとも、その権利があると思う。逆に……むしろ僕らに、彼女の選択を否定する権利はないよ」

彼女の事情も知らないんだから——先生がそう続けて、私に「もう帰ろう」と言った。

正論……かもしれないと思った。

「でも……それが、なんだっていうんですか」

「え?」

「だから責任が、なんだって言うの!?」

途端に、私の中で怒りが弾《はじ》けた。先生の、その言葉は、もしかしたら間違っていないのかもしれない。でも、これは数学の方程式じゃない。正しい答えに、どれだけ意味があるんだろう。

「先生は、家族がいなくなった気持ち、わからないからそんな事が言えるんです!」

私は澄ました顔の先生に、強い口調をぶつけた。そうだ、先生はわかってない。わからない。家族がいなくなる人の気持ちを、遺《のこ》される辛《つら》さを、遣《や》り場のない怒りを、悲しみを。

「僕は……」

「すぐ近くに、死んでしまう人がいるのに、責任とか権利とか、関係ないでしょ! 難しい事はわかんない、でもただ、嫌なの! 死んで欲しくないって、これって当たり前の事じゃないんですか!?」

お父さんは、お母さんと喧嘩《けんか》するとき、よく理論的じゃないとか、そういう言い方で馬鹿にするけれど、感情的になる事が、そんなに悪い事なんだろうか？

本能を優先するのが、そんなに許されないことなんだろうか？

「もういいです。私、一人で探します」

私は、目から怒りとも、悲しみともつかない涙がこぼれるのを拭《ふ》きもしないで、先生に背を向けて、歩き出す。ほっぺたが、冷気でキリキリ痛んだ。

「鴻上……」

慌てて先生が、私の腕を摑《つか》んだ。

「離して！」

「鴻上がなんと言おうと、僕は自分の意見が間違っているとは思わない。だけど狡い大人だから、納得したフリをして、生徒の前でいい格好を見せるのも吝《やぶさ》かじゃない」

「……先生？」

「僕は君と違って、その人を見つけられなくても、なんとも思わない。だけどこの人混みの中で、鴻上が一人歩き回って、何かトラブルに巻き込まれでもした時に、万が一僕に管理責任を問われたりしたら、そっちの方が面倒くさい」

先生は大きく溜息《ためいき》をついた。でも、それでも私に「じゃあ、行こうか」と言った。

「だけど、もう一回言うよ。もしこれで見つけられなくても、鴻上のせいじゃない。鴻上は悪くない。君が責任を感じる必要は全然無い」

「そんなの……」

「いいや、ちゃんと聞くんだ。大事なことだよ。先生は鴻上が本当に、手紙の女性を見つけられると思ってない。だから多分、これから何十分か何時間後に、鴻上はもう駄目って諦めることになる」

マスクを外して、先生は救いのない言葉を平然と口にした。先生には、心がないんだろうか？　私はきゅっと唇を噛《か》んだ。

「……私、磯崎先生のこと大嫌いになりそう」

「別に。僕は自分以外好きじゃないし、嫌われてもなんとも思わないけど」

先生が平然と肩をすくめる。嘘じゃないと思った。だから、余計に悔しい。

「でも、覚悟はした方がいい。そして、その時に自分を責めちゃ絶対に駄目だ。いいかい？　今君は、自分以外の人の人生も、自分の中に背負い込もうとしてるんだよ。人に優しくしたり、助けようとするのは、本当はとっても覚悟のいる事だ」

「……先生？」

「その抜けない棘《とげ》は、多分これから一生鴻上を傷つけることになると思う。そしてその荊《いばら》はツルを伸ばすだけで、きっと花を咲かせない。痛いだけだ。先生は自分のことが大事だから、それは一緒に背負いたくないし、背負う気は全くない。咲かない花なんて欲しくない……だけど、だからって鴻上一人に背負わせるのも、なんだか嬉《うれ》しくない」

「…………」

そこでやっと、私は先生が何を言いたいのか理解した――先生は先生なりに、私の事を心配してくれているんだ。

先生は、いつもより少し真剣な顔をしていて、私はまた泣きそうになった。先生は、もっと意地悪で、自分勝手な人だろうと思っていたのに。

「でも……私、それでも、あの人を探したい。今諦めたら、どっちみち私は自分を赦せないから。だから一人でだって、絶対にあの人を探し出します」

きっぱりと答える。先生、私の為に言ってくれていたのはわかったけれど、それでも私の考えは変わらないし、変えられない。

「……じゃあつきあうから、そのかわりそこの売店で甘酒おごって」

先生が、近くの白いテントを指さしていった。オレンジ色の灯りの中で、甘酒や鳥の唐揚げが売られている。

「ええ？　生徒にたかるんですか？」

「たった甘酒一杯で、貸し借りチャラにしてあげようって、先生の優しさだよ。それに甘酒は肌にも良いし、っていうか寒いし」

「先生って、見た目格好いいのに、やっぱり最低……」

「いいよ最低でも、見た目が格好いいなら。夜、お風呂《ふろ》に入っている時に、鏡を見て自分が今日も一番格好いい一日だったって、そう締めくくれない日は、翌朝目が覚めても気分が悪い」

苦虫を噛み潰《つぶ》したような顔で、先生が言った。心底嫌だという風に。やっぱり、先生の考えには、私は共感できない。

「……先生、それ、ちょっとっていうか……すっごい変」

「こんな人混みの中で、知らない人の為に本気で泣いてる子に、言われたくないよ」

拗《す》ねたように答え、先生が売店をもう一度指さす。やっぱり先生のことは嫌いだと思った。

だけど来年クラス替えがあるなら、担任は磯崎先生がいいなって、そう思った。

冬は本当に日が短い。あっという間に夜のとばりが降りてしまうと、人捜しはますます難しくなった。売店の灯りや、ライトアップされた雪像のお陰で、まるで見えないというわけではないのが幸いだけど。

「あ……」

「いた？」

「……いいえ」

黒いコートの女性は、相変わらず見つからない。会場内にアナウンスも入れて貰《もら》ったけど、スタッフの人から連絡が来ないっていうことは、彼女はそこにも現れていないんだと思う。

だけど私は、代わりに見たくないものを見てしまった。

人混みの中に、チカとトーマ君が、ぴったりとくっついて、手を繋《つな》いで歩いているのを。

「鴻上？」

「……なんだか、不思議ですね。こんなに、沢山人がいて、みんな楽しそうにしてるのに、自殺しようとしている人がいて、迷子で泣いている子がいて……友達に嘘をついて、狡《ずる》いことをしている人がいて」

もしかしたら、彼女が戻って来て、指輪を探しているかもしれない。最後の望みをかけて旭橋に向かいながら、私は行き交う人を見て、そう呟《つぶや》いた。

旭橋は、さっきよりも人が増えていた。大雪像のプロジェクションマッピングが始まったからだ。もうすぐ、午後七時になったら、花火も打ち上がる。

「それでもみんな幸せそうで、笑ってて……こんなに綺麗《きれい》で……」

欄干に寄りかかって、私は幾つもの光、幾つもの色が溢《あふ》れるのを眺めた。今年は、子供の大好きな特撮ヒーローとコラボしているらしい。近くで、小さな子達が歓声を上げている。

「……街はこんなに綺麗なんだから、あの人も幸せになってくれたらいいのに」

橋を捜しても、やっぱり黒いコートの女性は見つからなかった。

先生の言葉を認めたくはなかった。だけど、私の心は、辺りの喧噪《けんそう》とは裏腹に、諦《あきら》めに沈んでいた。

「……先生」

「うん？」

――帰ろう。

もう何分も、その言葉がなかなか言い出せなかった。だけど、もう……限界だ。

「先生、あの」

「あ！　良かった！　いたあ！　百合ちゃん！」

「え？」

振り返ると、人混みをかき分けて、内海さんが駆け寄ってくるのが見えた。

「あ」

「鴻上、ごめん！　電話くれてたんだね」

その隣に――館脇君。

「なんで電話出てくれないの!?　私何回もかけたのに！」

「それが……会場内で、うっかり落としちゃって……」

とぼけた調子で言う館脇君の横に、櫻子さんがいた。

「櫻子さん！」

私は彼女に駆け寄ると、勢い余ってそのまま彼女にしがみついてしまった。だけど、櫻子さんはきちんと私を抱き留めて、「こんなに冷えてしまっているじゃないか」と、私の冷たくなったほっぺたを、大きな手で温めてくれた。

「いやー、そうなんだよ。子供を迷子センターに送り届けたら、ちょうどセンターの辺りで、デジカメ落としたっていう親子を見つけてね。なんかさあ、記念の大事な写真が入ってるから、どうしても見つけたいって言うんで、仕方ないから探すの手伝ってあげてさ」

また、相変わらず内海さんの説明は長かった。

「で、とりあえず落とし物センターに行ったら、正ちゃん達がいたって訳よ。時間かかっちゃってごめんねえ」

彼は申し訳なさそうに言ってくれたけど、でも、お陰で二人に会えたし、私はやっぱり、そんな風に知らない人の為に力になれる、内海さんが立派だと思った。

「でも、どうしてそんな大事な物落としちゃうの？　館脇君がケータイ持ってなかったら、私、櫻子さんに連絡取れなくなるじゃない！」

「えっ⁉　僕の存在価値ってそこ⁉」

「それより百合子。内海に話は聞いた。私にも手紙と指輪を見せたまえ」

相変わらず、櫻子さんは気が短い。私と館脇君のやりとりなんて何処吹く風で、私に向かって手を突き出した。

「はい……あの、これです」

でも、もう遅いかもしれないとわかっていても、それでも一分でも早いほうがいい。

私は手紙と指輪を櫻子さんに手渡した。

「ダイヤである事は間違いないんだな？」

「はい」

磯崎先生が頷《うなず》く。

「少年、手元を照らしていてくれ」

櫻子さんは、館脇君のスマホで指輪を照らしながら、ポケットから車の鍵《かぎ》を取りだした。キーホルダーにつけたコンパスの、ルーペで指輪を覗《のぞ》いた。お祖母《ばあ》ちゃんの亡くなった山に登った時にも、使っていたコンパスだ。

「そうだな……磯崎の言うとおり、おそらく人工ダイヤだ」

ふん、と一息ついて櫻子さんが、ルーペを下ろす。

「じゃあ、あんまり価値のないものなんですか？」

「まあ……他人にはね」

そして彼女は手紙を見て――そして突然、声を上げて笑い出した。

「櫻子さん？」

「これが遺書だって？　遺書なものか、これは紛れもなく、特定の人間に宛てられた手紙だよ……そうだな、おそらくK・Hというイニシャルの人間宛てだろう」

「でも……私、確かにこの橋で……」

「この指輪の裏に刻印された数字は、結婚記念日ではなくおそらく没年だろう……君たちは、モーニングジュエリー、メモリアルジュエリーというものを知っているか？　モーニングといっても朝ではなくmourning、喪の意味だ。ヴィクトリア時代に、大切な人間の遺髪を加工して、ジェットという流木の化石と共にアクセサリーを作って、身に飾る習慣があった。この指輪もおそらく現代のジェットといったところだろう」

「髪……ですか」

遺髪を身につける。なんとなく気味が悪いと思ってしまうのは、私が薄情な人間なんだろうか？　だけどそれ以上に、その後櫻子さんが続けた言葉に、私はもっとびっくりした。

「髪程度で驚かれては困るよ、何故ならこの指輪は、遺骨から作られているのだからね」

「遺骨!?」

私と館脇君、内海さんの声が重なった。

「遺骨から炭素を抽出し、高温高圧法でダイヤに加工するそうだ。まあその時点で遺体の燃えかすなんだがね。だがなかなか高額でもあるし、なにより遺骨から作られるのだからね。持ち主にとっては唯一無二の、大切なダイヤになるだろう」

「じゃあ、どうして捨てたりなんて……それに、これは遺書ではないんですか？　本当に？」

でも遺骨なら、尚更《なおさら》捨てるなんて思えない。櫻子さんが信じられないわけじゃないけれど、でも遺書じゃないと、断言する意味がわからない。

「捨てたんじゃない、送ろうとしたんだろう」

「送る？　何処に？」

　館脇君が聞いた。

「彼岸だ」

「……死者の国？」

　櫻子さんが頷いた。

「いったい彼女にとって、どんな存在だったのかはわからないがね、一応『伴侶《はんりょ》』と仮定しておこう。彼女は今は亡き伴侶と決別が必要になったのではないだろうか？　でなければ、この遺書は、家族の元に残すべきだろう。彼女の謝罪すべき相手が、川の中に住んでいる訳でないならね」

　そう言って、櫻子さんは手紙を封筒にしまった。確かに遺書は遺すものだ。一緒に命を絶つ必要はないのかもしれない。

「大切な宝石だ。売ることも、処分することも出来ない。かといって新しい伴侶との生活に、指輪を『連れていく』事には、後ろめたさ、罪悪感があったのだろう――だから、彼女はここからの別離を選んだのさ」

　私は、石狩川を見た。暗い川に、お祭りの灯りが映って揺れている。

「川の向こうにあるという、もう一つの世界にいるであろう大切な人と、彼女はきっちり決別したのさ。新しい人生へ旅立つためにね。こういったダイヤから、もはやDNA等の情報を取り出すことはもう出来ないが、小さくＩＤ等が彫られている。遺骨をダイヤへ加工してくれる会社はそう多くない。また没年は三年前だ。会社を片っ端から当たって調べてみるといいだろう。まだ顧客情報を保持しているだろうし、どうしても持ち主を探したいというなら、会社に問い合わせてみればいい。会社の方で本人の元に届けてくれるかもしれない」

櫻子さんは指輪を封筒にしまった。でもそれを私の手には返さずに、半分に畳み、更にもう半分にする。

「だがね、私はこの指輪は、こうするのが一番だと思う」

「あ！」

ひゅっと、手紙が空を切った。

櫻子さんは、私達が止める間もなく、手紙を川に向かって投げた。手紙は風に負けず、今度はあっという間に黒いうねりに飲み込まれる。

「櫻子さん！」

「いいんだよ。彼女は新しい旅に出るんだ。こんな燃えかす、石ころと同じだ」

はっはっはと、櫻子さんは笑い声を上げる。

私と先生と内海さんは顔を見合わせた。

「でも……あんなに、苦労したのに……」

内海さんが、頭痛を堪《こら》えるように額に手を当てる。

その時、冬まつりの初日を飾る花火が上がった。弾《はじ》ける度に、寒さにジュっと火を消す花火。

冬の夜に、儚《はかな》い光の花が咲く。結局みんな、そのまま花火に見とれてしまった――どうかあの人も、どこかで見ていますように。

「私の勝ちですよ、先生」

「……何が？」

「さっき、先生の言うとおりに諦《あきら》めてたら、きっとこんな風に花火を見ていられなかったと思います」

私は、隣で嬉《うれ》しそうに花火を見ていた磯崎先生にそう言った。ドヤ顔で。先生がきゅっと眉間《みけん》に皺《しわ》を寄せる。

「……いいや、違うね。九条さんに頼んだんだから、これは相子だ」

「違います。櫻子さんの事も織り込んだ上での勝負です。だからこの後、下で私と櫻子さんに、ホットチョコレートをご馳走《ちそう》して下さいね」

「……いや、ここはむしろ、スマホを落とした正太郎が責任を取るべきだ」

「え？」

櫻子さんに肩が触れあう距離で、幸せそうに花火を見ている館脇君が、突然自分に振られた話に戸惑った……うん、初めて磯崎先生と意見が一致した。

一番寒い二月が過ぎると、少しずつ春が近づいてくる。一歩、いっぽ。だから、寒くて辛いのはもうちょっとの辛抱。

あの人の選んだ道も、春に繋《つな》がっていますように。私は新しい人生を選んだ名も知らぬ女性の幸せを、そっと祈った。

第参骨　凍える嘘

■壱

道民が『＝スキー上手』ではないとはいえ、ある程度の技術はあるというのは、間違いないと思う。勿論《もちろん》地域差があって、スキーではなくスケートだ、という所もあるけれど、少なくとも道央・道北に生まれた人間は、多少なりともスキーが滑れる。

それは早ければ幼稚園の頃から、遅くても小学校から高校までの体育授業に、必ずスキー授業があるからだ。

冬のグラウンドには、練習にもってこいのスキー山が作られるし、『スキー学習』と称して、お弁当を持って最寄りのスキー場で、一日スキーを滑る日が冬は何度かある。

全員でやるのだから、どうしても上手《うま》い下手は出てくるし、強制なのだから好き嫌いも出てくる。授業で使うスキーやウェアも、各家庭で用意するために、いつも兄姉のお下がりって奴とか、毎年のようにピカピカの新品って奴もいたりして、家の経済力の違いなんかも見え隠れする。

親友の今居は、いつもピンク色のスキーに乗っていた。理由は上の二人が共に姉ちゃんだからだ。だけど誰も今居を馬鹿にはしなかった。なぜなら今居はスキーが上手いのだ。

ピンク色のスキー板も、彼が上級コース《こーぶ》を颯爽《さっそう》と滑りおりる時、不思議と華やかでとびっきり格好良く目に映る。二年おきに買い換えて貰って、ピカピカのスキーに乗った僕よりずっとだ。

　結論として言うと、僕は最初はスキーが大嫌いだった。

　どんなに頑張っても、今居みたいに上手に滑ることができなかったからだ。今ではもう、アイツに対して妬《ねた》みはない。もう端《はな》っから、アイツとは体のポテンシャルというか、作りが違うんだとあきらめているし、納得もしている。

　だけど小学生の僕は、そういう違いが我慢できなくて、毎週のようにお祖父《じい》ちゃんとスキー場に行った。多い週は二度三度も。おかげで今は上級コースを、今居と一緒に滑ることができるし、滑っている時は楽しいとも思う。

　だけど高校生はよっぽど好きじゃない限り、自主的にスキーには行かない年齢だ。僕も結局、スキー授業でしか滑っていない。滑ると楽しいけれど、わざわざ冬装備をして、外に出かけるという事に、なんだか腰が重くなってしまうのだ。

「え？　週末に旭岳《あさひだけ》？」

「そう。千代田《ちよだ》さんね、旭岳に親戚《しんせき》の別荘があるんですってよ」

　学校から帰ると、余所《よそ》行き姿の母さんが、ケーキを手に僕を迎えた。旭川駅前のホテルで、薔子さんとお茶をしてきたらしい。函館《はこだて》の事があって心配していたけれど、母さんはまだ薔子さんと仲がいいようで安心した。

　それにしても、コーヒーを沢山飲んできたからと、番茶を淹《い》れてくれたけれど、いったい何時間話し込んでいたんだろう。女の人はどうしてそんな何時間も雑談できるのか、不思議でならない。

「そうだ。旭岳でスキーとか、したい？」

「へえ、まあスキーにはぴったりの時季だろうけど、なんで突然？」

運動とは無縁そうな母さんの口から、珍しく旭岳でスキーなんて話題が出た。やたらとお上品なサイズがガッカリな苺《いちご》ショートをぱくつきながら、僕は母さんに問うた。濃厚なクリームと苺の相性は最高だし、スポンジはしゅわっと口に溶けて美味《おい》しいけれど、この一個は小さすぎる。そんな不満が声に表れた。

「それがね、別荘の持ち主が、去年の秋に急に亡くなったらしくてね。ずっとそのままにしておいたのを、そろそろ片付けようって話になったんですって」

急に亡くなったと聞いて、まず薔子さんのお祖父さんの事を思い出した。性豪の異名をもつほど若々しかった、すさまじいお祖父さんは、誕生日の夜に心臓発作で亡くなった。けれどそれは秋ではなく夏の事だ。

「へえ……親戚。誰かな」

「まだお若かったらしいけれど、心不全ですって。別荘で一人でいる時に亡くなったらしくて、奥さんも息子さんも亡くなる時に立ち会えなかったらしいし、そういうのもあって片付けられないでいるらしいのね」

ふうん、と僕は相づちを打った。本当に誰だろう。こう見えて僕は、薔子さんの身近な親戚のほとんどにお会いしたことがある。誕生日パーティに、薔子さんのパートナーとして出席したし、お祖父さんが亡くなった後、弔問客のお世話の手伝いをしたのだ。

顔と名前の区別はついていないし、ちゃんと話をした事があるのは数人だ。とはいえ、誰々の兄弟とか、そういう言い方をされれば、なんとなくはわかるだろう。

「でも……そっか、それで薔子さんが代わりに」

薔子さんは優しいし、面倒見がいい人だ。旭川に住んでいるという事もあるし、そのまま手をつけられない、悲しい状況に、整理を買って出たんだろう。

「ええ。息子さんは同行するつもりではいるらしいけれど、可哀想だからあんまり作業はさせたくないっていうのよ。でも男手が必要でしょ？　なのに手伝ってくれるはずだった人が、仕事で来られなくなったらしいのよ」

お仕事の都合……もしかして在原《ありわら》さんだろうか？　それなら、尚更《なおさら》僕が代わろう。この前退院祝いにと、在原さんはリハビリや機能回復にも効果があるという、高機能インナーを贈ってくれたのだ。冬用《コールドギア》で保温性も高く、ヘクターの散歩や九条家の雪かきの時にも重宝している。

「千代田さんのご実家で経営しているホテルがすぐ近くだし、食事はそっちで、ついでにホテルの温泉にも入れるし、日中少しならスキーをやってもいいって。だから、遊びに行くついでに、少し手伝ってくれないかっていうのね」

「そりゃ、僕は良いけど……」

勿論手伝いは楽しい作業ではないだろうけれど、スキーもできて、温泉にも入れるなら、そりゃあ断る理由は見つからない。だけど函館に行って、あんな事があった後だ。むしろ母さんはそれでもいいのかと、僕は上目遣いに窺《うかが》った。

僕が何を言いたいのかわかった母さんが、困ったように苦笑いを浮かべる。

「まあ……今回は『あの人』は一緒じゃないっていうしね」

「ああ、それはまず大丈夫だと思う」

勿論あの人とは櫻子さんのことだ。そりゃあ掃除とスキーときて、櫻子さんが同行する筈《はず》はない。

「母さんも最初手伝おうと思ったんだけど、でも週末はもう友達と別の温泉予約しちゃっててね」

「ああ、金曜日から登別《のぼりべつ》で二泊だっけ？」

母さんが久しぶりに、仲の良い友人と温泉旅行に行くというのは、確か半年近く前からの計画だった筈だ。

「だからね、急なんだけど、お前にお願いできないかって」

「別にいいよ、薔子さんの頼みだしね」

母さんがいいっていうなら、僕はむしろ行きたいぐらいだ。

「……でも、本当に『あの人』は来ないのよね？」

そこまで言って、母さんは急に不安そうに表情を曇らせた。心配してくれているのだ。

「まず来ないと思うよ？　スキーとかするようには見えないし、掃除だって普段自分でする人じゃないんだから」

いくら薔子さんが行くとはいえ、本当に櫻子さんが行きたがる理由が見つからないし、薔子さんだって誘おうと思わないだろう。

「そ、ならいいわね。しっかりお手伝いしてらっしゃい」

ほっとしたように母さんが微笑んだ。こういう時、いつもじわっと罪悪感を覚える。母さんは僕が最近、毎日櫻子さんと電話で話していることも知らないだろう、頻繁に会っているっていう事もだ。

でも、騙《だま》したいわけじゃないけど、今僕は、櫻子さんから離れるわけにはいかないのだ。花房が彼女を、そして僕を狙っているかもしれない今は。

母さんごめん。

そう僕は心の中で呟《つぶや》いて、ぬるい番茶を飲み干した。

■弐

待ち合わせは、旭川駅前だった。再開発ですっかり様変わりして、こぎれいになった旭川駅前で待っていると、旭岳の温泉の名前が入ったハイエースが一台停まって、薔子さんが降りてきた。

白いニットに黒いタイトスカート姿の薔子さんは、相変わらず上品で綺麗《きれい》だ。

「あ」

そしてもう一人、僕の知っている人が姿を現した。薔子さんと在原さんの従兄弟《いとこ》で、東藤《とうどう》グループの若き重鎮と呼ばれる、東藤耕治《こうじ》さん。従兄弟である在原さんに少し似た、尖《とが》った顎《あご》と、通った鼻筋、だけど眉《まゆ》は太めで、目元も少し柔らかく、いかにも育ちが良さそうだというか、髪型もどこかなんとなく『お坊ちゃん』ぽい。

「あ……って、今、なんでそんなにガッカリしたんだよ」

「いや、親戚って誰なのかなーって思ってて」

「俺で悪かったな」

「……いえ」

別に、彼が嫌なわけではない……と思う。むしろ薔子さんの親戚の中では、比較的親しみやすい人だと言えなくもない。だけど、どうしても在原さんと比べてしまって、なんとなーくガッカリしてしまうというか、複雑な思いになる人なのだ。

とはいえ、彼が悪い人ではないことは、僕も知っている。優しい人だということも。

「まあいいや。今日はわざわざ手伝いに来てくれてありがとう」

耕治さんが軽く僕に頭を下げた。彼がお礼を言ってくれるって事は、亡くなったのは彼の家族という事だろうか。僕は薔子さんを見た。

「今日は耕ちゃんの、お父さんの別荘のお掃除に行くのよ」

薔子さんが婉曲《えんきょく》に、亡くなったのが耕治さんのお父さんだと教えてくれる。

「そうだったんですか……あの、お悔やみ申し上げます」

僕は挨拶《あいさつ》に続いて、彼にそう頭を下げた。

「……うん。まあ、元々体の弱い人だったからさ」　耕治さんは、寂しそうに微笑んで、首を横に振った。

「でも、急だったから……びっくりしたわよね」

サングラスを少し下げてそう続けたのは、もう一人車に乗っていた、二人の叔母《おば》の八千代《ちよ》さんだ。僕は頭を下げた。

高そうな花柄のワンピースは、少し、いやかなり派手だけど、よく似合っている。夏に会った時と違って、髪をバッサリ切ってしまっていたので、一瞬誰なのかわからなかったけれど、その口調とポッテリした唇ですぐにわかった。

二人とも、薔子さんのお祖父さんである、東藤清治郎《せいじろう》氏のお誕生日を祝う会で会った。その後に続く、悲しい夜の間まで一緒だった人達だ。実家では難しい立場の薔子さんの、良き理解者でもある。

「まあ……親が死ぬっていうのは、急だろうと、ゆっくりだろうと、やっぱりしんどいにはかわんないさ」

耕治さんは、八千代さんに頷《うなず》きはしたものの、そう続けて改めて僕に向き直った。

「仕方ないことさ！　もう四十九日もとっくに済んだんだ、そんな辛気くさい顔やめてくれよ！　片付けもそうだけどさ、俺、実は最近スノーモービル買ったんだ！　後からそれも到着する予定だし、一緒に乗ろうぜ！」

「あ、はい」

ぱっと、努めて笑みを浮かべて、耕治さんが言った。在原さんとそう年齢が変わらないはずなのに、彼は無邪気にそう言って、僕のスキーや荷物を車に乗せてくれた。薔子さんと同じ、人好きする笑顔だ。

僕は勧められるまま、ハイエースに乗った。一度泊まった事のある旭岳のホテルは、今はどうやら経営が耕治さんの会社に移ったらしい。昔はイマイチって感じだったけど、今は人気があるというのに納得した。こう見えて、耕治さんはやり手の経営者なのだ。でもそんなのは微塵《みじん》も感じさせない気さくさで、彼は僕に買ったというスノーモービルの話を始めた。モータースポーツが大好きなんだそうだ。僕はまだ出発しないのかな？　と思いながら、彼から来週ルスツで行われる、スキー場のゲレンデを、バイクで登る速度を競うという、スノーヒルクライムレースの話を聞いていると、ややあって乱暴にハイエースのドアが開けられた。

「待たせたな」

「へ？」

聞き覚えのある声、よく知っている姿が、ハイエースに乗り込んできた。

「櫻子さん⁉　え？　どうして櫻子さんが？」

驚いて薔子さんを見ると、彼女は気まずそうに眉間《みけん》に皺《しわ》を寄せた。

「実は……お沢さんの、親類でも不幸があったんですって。三日ほど家を空けなきゃいけないからって、櫻子を頼まれてしまったの……正ちゃんのお母さん、やっぱり駄目って言うかしら？」

急なことだったし、櫻子さんを他の人に任すこともできないと、薔子さんは言い訳するように語尾をすぼめて言った。

「え……あ、まあ、黙ってれば平気だと思いますけど……」

櫻子さんだって子供じゃないんだ、一晩、二晩一人でだって……と、そう思えないのが、櫻子さんの櫻子さんたる所以《ゆえん》だ。全く生活感を感じさせない、この生ける標本のような人を、僕だって一人にはできない。

「なんだか、後ろめたいわね。やっぱり確認した方が良いかしら」

「いいですよ！」

でも母さんに話してしまえば、絶対にOKしてくれないだろう。母さんに嘘をつくのは確かに後ろめたいけど、今回は仕方がないじゃないか。僕は「内緒で」と人差し指を立てた。

「そうよ。高校生の男の子は、親に女の子絡みの秘密の一つや二つ、持ってて当たり前だわ」

八千代さんが、そう茶化すように言いながら、櫻子さんを自分の隣に座らせる。

「大丈夫よ。その代わり、もう死体とか骨とか無しよ、いいわね？」

櫻子さんは肩をすくめた。八千代さんには申し訳ないけれど、それは多分無理だ。

「そうだ、ヘクターは？」

櫻子さんはともかく、もう一人、いや、もう一匹世話が必要であることを思い出し、僕は問うた。

「百合子に預けた」

「へ？」

「耕ちゃんったら、犬が苦手なのよね」

薔子さんが苦笑した。

「えー……」

なんてことだ。櫻子さんはともかく、せっかく一緒に泊まるなら、僕はヘクターと一緒に寝たかったのに。もふもふのわんこと一緒に寝るなんて夢のような事じゃないか。

「この子ね、昔直江《なおえ》の家のシェパード犬に、お尻《しり》をかじられたのよ」

「言うなよ！」

あっはっはと笑う八千代さんに、耕治さんが赤面する。

「それも甘噛《あまが》み程度なの。きゃあきゃあ怖がるから、馬鹿にされたのね」

「あれは甘噛みなんてもんじゃなかったんだよ！　喰《く》われると思ったんだからな！」

つまり、それ以来犬が苦手という事か。確かにシェパードに襲われるのは怖いとは思うけれど、ヘクターはあんなにもふわふわで穏やかなのに。

「お前、今思いっきり馬鹿にした顔してたけど、五歳のいたいけなぼうやに、大型犬は普通に猛獣だぜ？」

でも、もう貴方《あなた》は大人じゃないですか。そんな言葉が出そうになるのを、僕は飲み込んだ。きっとそのくらい、幼い彼は怖かったんだろう。トラウマになっているに違いない。

「まあいいさ、百合子も喜んでいた」

櫻子さんがコートを脱ぎながら言った。

「そりゃあ……嬉《うれ》しいでしょうよ」

鴻上が心底羨《うらや》ましいと思いながら、僕は座席で膝《ひざ》を抱えた。そんな僕の隣から、耕治さんが運転席に移る。

「え？　耕治さんが運転するんですか？」

「なんだよ、何か文句が？」

「いや……大丈夫なのかなーと思って。旭岳、結構道がウネウネしてるんで」

てっきり、運転手さんとかがいるのかと思ったのに。特にバイクで雪山を駆け上るなんて、乱暴な話を聞いてからでは、なんとなく怖い。

「俺、こう見えても運転には自信あるんだぜ」

「……本当に？」

思わず後ろの薔子さん達を振り返ると、大丈夫だという頷きが返ってきた。

「国際免許も持ってるし、確かショベルカーとかも、動かせるのよね？」

「無駄に免許を取るのが好きなんだ。船舶免許も持ってる」

耕治さんが自慢げに言った。

「へえ……なんだか意外ですね」

船はともかく、ショベルカーっていうのは、坊ちゃん育ちであろう耕治さんに、結びつかない。今日だってこじゃれたジャケット姿だ。彼にはハイエースよりもオープンカーが似合う。

「東藤と関係なかったら、車メーカーとかに勤めたかったんだ。親父が趣味でクラシックカーとか集めてて、整備も全部自分でやっててさ、かっこいいってずっと思ってた」

「なのに、知り合いに売ってしまったのよね。それも相手の言い値で。勿体《もったい》ないわ」

八千代さんが、さも残念そうな声を上げる。

「いいんだよ。俺じゃあ宝の持ち腐れだからさ。ああいうのは、きちんと構ってくれる人の所に行って愛されるべきなんだよ。オークションとかに出して、高くても知らない人に買われるより、大事にしてくれる人に譲りたかったんだ」

にこにこと話す彼の声は、本当に車への愛情に溢《あふ》れていた。

「俺は直す方より、もっぱら運転するのが好きでさ。何でも動かせる物は自分で動かしてみたいんだよ」

そういう彼の運転は、本当にスムーズで、ハイエースは駅前通りを滑るように走り出した。一路旭岳へ。

車は旭川を抜け、隣の東川町《ひがしかわ》へと向かった。僕は道中、旭川駅の売店で買った、ジュンドッグを遅い朝食代わりに食べた。エビフライとチキンカツとソーセージ。どれも具材をフライにしたものを、甘辛いタレをかけてご飯で包んだ、いわば筒状のおにぎりだ。手軽なファストフードだけど、洋食屋さんの絶品エビフライはプリプリだし、チキンカツもしっとり柔らかい。

でも僕の一推しはソーセージだ。衣をつけて揚げたソーセージは、かぶっとかじると、中からじゅわっと肉汁が溢れ出す。醤油《しょうゆ》ベースの甘いタレの染みたご飯との相性は言うまでも無いし、エビよりももう少し噛み応《ごた》えのある食感は、適度な満足感を僕に与えてくれる。

結局三種類、全部美味《おい》しく完食して、それでも気持ちもう少し食べたいような、快い満腹感に浸って外を眺めていると、やがて車は忠別《ちゅうべつ》ダムの横を通り過ぎ、旭岳を登り始めた。ミズナラやシラカバといった木々が、高度があがるにつれ針葉樹に変わっていく。

僕は道路わきに、鹿やキツネがいないか眺めていた。飛び出し注意というより、見つけるとなんとなく嬉しいからだ。でもギザギザうねる道は、視界も狭い。結局動物は見つからないまま、ハイエースは標高１１００m地点にある、温泉町に着いた。

町と言っても、コンビニもなく、ただホテルが数軒並んでいるだけだ。でも冬はクロスカントリー等のウィンタースポーツの合宿所に使われたり、夏から秋は登山客で賑《にぎ》わう。

正確には、一般的なスキー場と違い、所謂《いわゆる》山岳スキーが可能な雪山といった感じで、初心者には向いていない。コースも標識はほとんど無く、建前上のコース設定があるだけで、中級、上級など、ある程度の熟練者が、自己責任で山の中を滑走したり、平地をスケーティングするといった感じだ。

旭岳は大雪山《たいせつざん》連峰の主峰で標高2291m。北海道最高峰で、ここから五合目までを結ぶ、ロープウェイの公式のHPには、『大雪山国立公園「旭岳」は、日本でいちばん遅くまで残雪が見られ、最も遅くお花見ができ、日本でいちばん早い紅葉と初雪を見ることができます』とある。

確かにゴールデンウイークでも、ここは残雪どころかまだまだ雪深く、気持ちよくスキーを楽しむことができるほどだ。

とはいえ、僕的には旭岳といえばもっぱら登山の方で、本格的な山スキーにそこまでなじみのない僕なんかは、冬はついつい、ちょうど裏側の層雲峡《そううんきょう》に行ってしまう。なぜなら冬季期間、層雲峡は氷瀑《ひょうばく》まつりという、凍った滝をライトアップさせた、冬のお祭りをやっているからだ。

それにこの時季はあんまり寒すぎて、露天風呂《ぶろ》が凍ってしまっていたりもするので、温泉もある程度の不自由を覚悟しなければならない。雄大な自然相手なのだから仕方ないとはいえ、なんとなく足が向かなくて。だから二月の旭岳は初めてだった。

旭川駅を出て小一時間。僕らは耕治さんのホテルに向かい、昼食に松花堂《しょうかどう》弁当を頂いた後、まずはスキーをしようという事になった。上品なボリュームの松花堂弁当に、僕は改めてジュンドッグの存在に感謝した。危うく飢え死にするところだった。

八千代さんと薔子さんはそのまま別荘に向かうと言うが、ホテルでレンタルのがあるという事で、櫻子さんも少しだけスキーを滑ることになった。

旭岳の雪はふわっふわのパウダースノーだ。ぶわっと舞い上がる雪の中、僕はスキーを堪能《たんのう》した。最高の雪質のお陰で、とても上手になった気がする。耕治さんもスキーは上手《うま》かった。

そんな中、櫻子さんはマイペースに斜面を下っていた。僕は雪の中で見失ってしまいそうな、白いウェア姿の櫻子さんに目を奪われた。どうしてスキーウェアの女性って、こんなに特別に見えるんだろう。

「なんだ？」

「い、いえ！　あの……結構普通なんだと思って」

「どういう意味だ」

「なんとなく櫻子さんは、すっごいスキーが上手いか、逆に子鹿のように、プルプル震えてボーゲンしかできないような、そのどっちかな気がしていたんですよ」

僕の視線に気がついた櫻子さんに追及されてしまったので、僕は慌ててそう言い訳した。

「私だって義務教育は受けているんだ、子鹿はあるまい。だが、スキーは何が楽しいのか、やはりわからないよ」

「スピード感、とか？」

それの何が楽しいんだというように、櫻子さんはゴーグルをずらして、顔を顰《しか》めた。冷気で赤らんだ頬が可愛い。

「正太郎！」

不意に大きな声で呼ばれた。嬉しそうに耕治さんが走ってくる。

「正太郎！　モービル乗ろうぜ！　スノーモービル！　あと、あれも持ってきてる、スノースクート」

「スノースクート？」

「自転車のタイヤが、ボードになってるヤツ。エンジンのついてない雪上バイクだよ。雪山を滑り降りるんだ！」

「へえ」

「今、メット持ってくる！」

本当に、まるで大きな子供のように、耕治さんが言う。彼は少なく見積もっても三十歳を過ぎていると思うのに、大きな玩具《おもちゃ》を前にして、すっかりはしゃいでいた。つきあってられないと櫻子さんが言うので、僕はスキーを置きに行くついでに、櫻子さんを別荘まで送ることにする。

耕治さんのお父さんの別荘は、ホテルから歩いて十分ほどの所にあった。ホテルよりも上の方の、少し奥まった場所だ。雰囲気の良い大きなログハウスで、真っ白になった木々や、雪深い風景の中、カナダとか、フィンランドとか、なんとなくそういう異国風の佇《たたず》まいだった。

「寒かったでしょう？　楽しかった？」

白いエプロン姿で、薔子さんが僕らを出迎えてくれた。先に作業を始めているとおぼしき彼女に、罪悪感を抱きつつももう少し二人で遊ぶと言うと、温かいカフェオレと笑顔が返ってきた。

「いいわよ、せっかくだから、明るいうちにもう少し遊んでらっしゃい」

まるで小さい子供に言うような口ぶりに、僕は苦笑する。百歩譲って僕はまだ子供だとして、耕治さんはいい大人なのだ。だけど彼には、『遊ぶ』という言葉がよく似合う気がする。

「耕治さん……あれで仕事とか、できてるんですかね」

ああ見えて、東藤グループの重鎮の一人だというのだから、信じられない。

「耕ちゃんは、いつまでたっても子供なのよねえ」

やれやれという調子で、頬に手を当てながら、薔子さんが呟《つぶや》く。

「……でも、ホテル経営の方も、お客様が楽しいかっていうのを一番に考えているみたい。お陰で、ファミリー客のリピーターも多いのよ。お子さんが、『また行きたい！』って言ってくれるんですって」

なるほど、確かにTVのCMなんかでも、子供向けのイベントをやっているのをよく見かける。この前も確か人気アニメとタイアップをして、ホテルの施設全部を使った謎解きイベントを開催していたはずだ。

「そもそも大人が本気で楽しめない物を、子供に提供したくないんですって。それは子供を馬鹿にしてるって――まあいいわ、あの子の相手をお願いね。私たちで片付けているから」

「え？　でも……」

それじゃあ、別荘の片付けを手伝うのは、どうしたらいいんだろう？　そんな僕の疑問に気がついて、薔子さんは寂しそうに微笑んだ。

「……連れてこないわけにいかないから、あの子を連れてきたけれど、本当はやらせたくないの。寂しい作業だから。あの子に判断して貰《もら》う必要のあるものだけ残して、あとは私たちで片付ける予定だわ。だから、正ちゃんはこっちは気にしないでね」

「ああ……そうだったんですか」

もちろん、力仕事なんかの為に、男手も必要だろう。でも僕の本来の存在理由は、耕治さんを別荘から遠ざけること、どうやらそっちの方だったらしい。どうりでスキーに温泉付きだなんて好条件な訳だ。

「ごめんなさいね、子守を押しつけてしまうみたいで」

「子守って……いいですけど……」

僕は苦笑した。でもそんなことなら、遠慮なく遊ばせて貰おうじゃないか——結局、僕も子供なのだ。大きな玩具に喜んでいないといえば嘘になる。

「じゃあ、よろしくね」

そう薔子さんが言った。すでに作業を始めているらしい薔子さんに、罪悪感を覚えつつだったので、むしろよろしくされて気持ちが軽くなった。

「わかりました」

「あれはヘクターよりも手がかかるぞ」

櫻子さんが溜息《ためいき》のように短く息を吐いたので、僕は笑って頷《うなず》きながら、貴方《あなた》が言うか？　と思った。

■参

なんだかんだ言って、僕は耕治さんと案外フィーリングが合うらしい。僕の大好きな自転車や、いつか乗りたいバイクの話をしたりしながら、僕らはスノーモービルに乗り込んだ。

雪の中をぐんぐんと力強く進むスノーモービルは、車とはまた違ったおもしろさがあるようで、耕治さんは声を上げて楽しんでいた。そんな彼の喜びようを、後ろで聞いていた僕にも、彼の背中越しに、その楽しさが伝わってくるようで、ワクワクしたし、そして少し怖かった。

　乗り慣れないっていうのもあるし、外に体がむき出しだっていうのもあるし、やっぱりまだ耕治さんの運転に慣れないというか、１００％信頼はできなかったからだ。

「うっわあぁー！」

　ばさばさパウダースノーを巻き上げて、カーブを曲がるスノーモービル。振り落とされそうになって、僕は耕治さんにしがみつきながら、恐怖と喜びの歓声を上げた。

「スノーモービル、乗るの初めて？」

「冬のイベントで、後ろで牽引《けんいん》したバナナボートとかに乗ったことはありますけど！」

　騒音にかき消されないように、大きな声で彼に答える。他にもゴムボートなんかをモービルでひっぱって貰うスノーラフティングは、冬場のイベントで時々体験させて貰えることだ。

　だけど、スノーモービルそのものは本当に初めてだ。とっても怖くて楽しい。思った以上にぐんぐんスピードが出るし、体に当たる風は痛いくらいだ。

　僕が嫌がらないことや、耕治さん自身も操縦に慣れてきたんだろう、次第にスノーモービルはスピードを増し、カーブを切るのも乱暴になってきた。でもその乱暴さが、更に恐怖感に輪をかけて、僕を興奮させる。

「ははは っ」

二人の笑い声が、雪山に響いた刹那《せつな》、風景が変わった。

「え？」

途端に、浮遊感が体を襲う。

一瞬、何が起こったのかわからなかった。小雪の降る灰色の空が見えて、同時にどすん、と体に重力が戻ってきた。背中をぶつけた衝撃で、一瞬息が詰まる。

「か……かはっ」

本当に何が起きたのか理解できなかった。気がつけば僕はスノーモービルから投げ出され、雪の中に転がっていた。

「だ……大丈夫？」

少し離れた所で、同じように雪にうつぶせになった耕治さんが、弱々しい声で言った。

「大丈夫……です……」

幸い、雪がクッションになってくれたらしい。刺された傷の辺りが、鈍く痛むのを覚えながら、僕は起き上がった。

「……木？」

スノーモービルが、松の木の下で横転していた。

「こんな落とし穴……あると思ってなかったんだよ」

耕治さんが弱々しく言う。どうやら、松の木の下だけ雪が少なくなっていたらしい。

「あー、駄目だ、完全にハマってるわ」

スノーモービルは、雪の中に埋まってしまっていた。嫌な予感の中、二人で必死にスノーモービルを掘り起こそうとしたけれど、雪がキュっとしまって、完全に車体が半分埋没したスノーモービルは、二人の力ではびくともしない。

「全然駄目だな、こりゃ」

「掘り起こす物とか、ロープとか無いんですか？」

僕の質問に、耕治さんはぷるぷると首を横に振った。

「……え」

慌てて、僕はウェアの胸ポケットから、スマホを取り出した。幸い転倒の衝撃で壊れたりはしていないみたいだ。だけどアンテナは一本も立ってない。

「どうするんですか。電話、圏外ですよ」

「マジで？」

耕治さんがキョトンとした。

「……そういえば今、僕たちどこに居るかわかりますか？」

「…………」

この質問に、答えは返ってこなかった。雪と松の木に囲まれた雪山で、僕らは完全に自分たちの居場所を見失っていた。

「ぼ……僕、もう絶対に耕治さんとは遊びませんからね！」

思わず叫ぶように言った。耕治さんは僕の恐怖の叫びが響いてないみたいで、てへっと肩をすくめてゴメンネ、と言う。

「まあ、走ってきた跡を戻っていけばいいんじゃないかな？」

気楽な調子で、耕治さんが言った。そんな簡単な話だろうか？

「結構、距離あるような気がしますし、スノーモービルも置いていって大丈夫なんですか」

場合によっては、下手に動き回らない方が安全かもしれない。それに昼間の暖かい時間を過ぎ、少しずつ辺りの気温が下がり始めている。時計を見るとまだ三時だ。だけどもう一時間もせずに暗くなってくるだろう。歩いて一時間で、別荘まで戻れるだろうか？

「え？　じゃあもしかして、ヤバい状況？」

僕の不安にやっと気がついたらしい耕治さんが、おびえたような、弱々しい声を上げる。僕は返事をしなかった。二人とも着ているスキーウェア以外の防寒具はない。食料もだ。ポケットに、一応持ってきた登山用のチョコレートバーが一本だけある。でもそれだけだ。

「耕治さん、タバコとか吸います？」

「いや、むしろ嫌煙家だよ。部屋汚れるし、パソコンにヤニは天敵だし」

当然未成年の僕もタバコは吸わない。だから二人とも、火の気は持っていない。雪山登山はしたことがないけれど、登山が趣味の父方のお祖父《じい》ちゃんに、「遭難しても、雪は絶対に食べちゃいけない」と習っている。氷を体内で水にするには、とてもカロリーを必要とするからだ。疲労は生死を分ける。

はしゃいだせいで、僕はもうすでに喉《のど》がカラカラだった。その渇きを癒《い》やす水ですら、今の僕らは用意できない。

「もしかして……このまま遭難とかって、無いよな？　俺たち」

思わず黙り込んでしまった僕に、耕治さんが泣きそうな声で言った。誰のせいでこんな事に！　と言い返しそうになってしまったけれど、喜んでついてきたのは僕だ。浅はかだった。

そして不意に、僕の脳裏に嫌な予感が走った。

「…………」

──モシ、耕治サンガ、花房ノ手先ダッタラ？

「……だ、大丈夫ですよ。帰ってこないと気がつけば、櫻子さん達が探してくれます」

いいや違う。そんな筈《はず》はない。慌てて、僕は努めて笑顔で、明るい声で言った。

耕治さんを疑うのは嫌だし、悲観的になっていてもしょうがない。それに櫻子さんの名前を出すことで、もしかしたら耕治さんへの牽制《けんせい》になるかもしれない。

それ以上に、そう答えた僕自身が、櫻子さんの名前に勇気づけられた。そうだ、大丈夫だ。絶対に櫻子さんは僕を探し出して、助けに来てくれる。彼女ならきっと、いや絶対に、ここがわかる。だから、僕は遭難したりしない。

「雪も少しずつ強くなってきた気がしますし、松の下に行きましょう。スノーモービルも風よけになってくれますし」

僕はそう言って、耕治さんと松の下に腰を下ろした。自分でも不思議なぐらい、落ち着いた僕は、まだ不安そうにしている耕治さんに、モータースポーツの話題を振った。

車や、自転車や、バイクの話。夏になったら、二人で自転車旅をしてみないか？　なんて話題にもなったけれど、耕治さんとの自転車旅は、危なっかしすぎやしないだろうか？

だけど、彼の話は楽しかった。海外で飛行機を操縦したこともあるとか、Ｆ１レーサーと知り合いだとか、ちょっぴり自慢話が入るのはご愛敬《あいきょう》で、つかの間、遭難するかもしれないという、僕の恐怖も和ませてくれた。

「十一月にさ、ミラノの国際モーターサイクルショーに出展していた、ヤマハのＹＺＦ-Ｒ１Ｍは――」

そのうち、バイクの話題に移った。熱心に話を始めた耕治さんに、僕は何となく父さんの面影を見た。もし父さんが生きていたら、こんな風に僕にバイクの話をしてくれたんだろうか？　そんな事を考えて、嬉《うれ》しいような寂しいような、切ない気持ちにとらわれていたとき、僕の耳に、遠く聞き慣れない音が近づいてきた。

「あれ？」

最初は気のせいかと思った。もしくは、耳鳴りとか。でもそれは確かに僕の耳に届いた。金属音のような、重低音のような……しいていうなら、冬の夜中に道路に響く、除雪車の音。

「お――――い！」

耕治さんが立ち上がって、手を振る。僕も立ち上がると、遠くから赤い、大きな車が近づいてくるのが見えた。

「さ、櫻子さん！」

僕は泣きそうになった。それは赤い雪上車で、助手席に櫻子さんの姿が見えたからだ。ほら、そうだ！　絶対だ！　櫻子さんは、絶対に来てくれるって、そう信じてた。

「やっぱりだ。全く仕方がない奴らだな」

雪上車が止まると、そう言って櫻子さんが仏頂面で言った。

「大友《おおとも》さん！　ありがとう！」

耕治さんも、雪上車を運転していたお爺《じい》さんに、飛びつくようにして言う。

「気をつけて下さいよ、オーナー。大体ここいらは特別保護地区に指定されているので、スノーモービルの乗り入れは規制されているんですからね。いくらオーナーが環境に配慮した乗り方を心がけているとしても、けっして褒められた行為ではありませんよ」

「……はい」

たしなめられて、耕治さんはしゅん、と俯《うつむ》いた。

「でも、どうしてここが？」

僕が問うと、櫻子さんは肩をすくめ、そして松の木を指さした。

「這松《はいまつ》だ」

「ハイマツ？」

「這松の下は、雪が積もりにくいんだ。気がつきにくいが、落とし穴のようになっている時がある。耕治は多分知らないだろうと思った」

その通りだ。耕治さんは聞こえないフリをして、すごすごと雪上車に乗り込む。

「……怪我はないか？」

櫻子さんはまっすぐ僕を見てしばらく黙った後、やがて口元にかすかな笑みを浮かべて言った。

「大丈夫です」

肩に積もった雪を払い、彼女は大きな手で、僕の両頰を包んだ。温かい手だった。

「私も行けば良かったな」

「そうしたら、助けに来てくれる人が居ないじゃないですか」

「私はこんな初歩的なミス、許しはしないよ。君を一人で行かせるべきではなかった。私は保護者失格だな」

櫻子さんは本当に後悔していると、眉間《みけん》に皺《しわ》を寄せて溜息《ためいき》をついた。

「……保護者、だったんですか？」

「そりゃあそうだ。私は君より、十歳ばかり年上なんだぞ？」

確かにそうだ。でも僕は、いつも逆に彼女の世話をしている気がする。彼女がそんな風に思っていたなんて、意外というか、なんだか不本意というか……。

雪上車に乗り込むと、中は暖かかった。

「でも本当に助かった……悪かったよ」

車内でほっと一息つくと、すっかり落ち込んだらしい耕治さんが、もごもごと小さな声で言った。

「何はともあれ、無事見つけられて良かったです。本当にもう少し気をつけていただかないと」

大友さんと呼ばれたお爺さんも、彼を責めるような口調だった。

「でも耕治さん、運転はほんとに上手でしたよ。楽しかったです」

僕は慌てて、そうフォローした。這松の事さえ無ければ、本当に楽しかったのだ。

「オーナー、スノーモービルは後で私どもの方で掘り出しておきますから、今日はこのまま戻りましょう」

大友さんが言う。確かに、掘り起こすには人手がいりそうだ。

雪上車のキャタピラーが、じゃらじゃらと響く車内で、耕治さんはすっかり落ち込んだ様子で外を眺めていた。

「……そうか、あれが這松か」

ぽつり、耕治さんが呟《つぶや》いた。

「親父から聞いたんだ。昔、這松の下で、死にそうになったところを助けて貰《もら》ったことがあるって」

「親子二代でですか？」

くす、と僕は笑った。

「そういえば……そんな事もございましたね」

大友さんが答える。

「大友さんは、俺のホテルで定年まで支配人を務めていた人で、旭岳の事ならなんでも知っているんだ」

「なんでも、は大げさです。ただ、長くここにいるだけです」

大友さんが苦笑いした。定年後も、彼はこうやって温泉街に住んで、見回りをしたり、周辺の管理に努めているそうだ。特に冬場、整備や管理をする人のいないスキー場では、無くてはならない存在らしい。

「十年ぐらい前かな。親父がつきあいで山登りをした事があって。でも同行者について行けなくて、しかも気分まで悪くなって、這松の下でうずくまっていたら、親切な人が助けてくれたって聞いたことがある」

懐かしそうに言った後、耕治さんはそのまま黙ってしまった。亡くなったお父さんのことを、思い出してしまったのだろうか。

大友さんが、渋い表情で外を見つめ、目を細めた。

「どうしたんですか？」

「いや……吹いてきそうだと思いましてね」

「本当ですか？　そういうの、やっぱりわかるもんなんですね」

「ええ、長いことここで暮らしていますからね。天気予報はそうでもなかったが……今日はかなり荒れるかもしれません。オーナーも早く別荘にお帰りになられた方がいいですね、急ぎましょう」

ごとごとと、雪上車は僕らを運び、別荘へと向かった。帰りの車内は、そのまままみんな黙ったままで、ただ、強くなってきた風が吹きすさぶ音だけが、悲鳴のように響いていた。

■肆

別荘に戻ると、耕治さんは八千代さんと薔子さん二人からも、お説教を食らってしまった。ソファの上に正座して、二人の女性からくどくどと叱られる様は、ああ、人間は三十を過ぎても、世話役の女性には勝てないんだなあという哀愁が漂っている。

僕はといえば、スキーに行く前にヘクターと一緒で羨《うらや》ましいと、鴻上にメールをしていたら、圏外だった間に、大量のヘクターの写メが送られていたのに気がついた。

寝転がるヘクター、お座りヘクター、笑うヘクター、ふわふわなしっぽ、ぷにぷにの肉球、ぬれた黒い鼻……むう、可愛いじゃないか。

いや、だがしかし、これは善意ではない。自慢だ、厭味《いやみ》だ。画像を開く度、これみよがしに白いモフモフとの生活を満喫する、鴻上の姿がある。

くそう、羨ましい、羨ましいぞ鴻上。でもわざと揃えたのか、白いもこもこしたラフなルームウェア姿の鴻上も、普段と違ってなんだか妙に可愛かった。

「…………」

「……彼女？」

思わず、にゅっと剝《む》き出しになった、鴻上の白い太ももに見とれていると、急に背後から声をかけられた。

「えっ!? いえ、友達です。ってか、勝手に後ろから覗《のぞ》かないで下さいよ！」

慌ててスマホを胸に隠す。誰かと思えば、耕治さんだった。お小言から解放されたらしい。

「すげー可愛いじゃん、連れてくれば良かったのに。今度うちのホテルに泊まりにおいでよ」

「高校生になんて事言ってるんですか！」

まるで僕の下心を見透かしたように、耕治さんにからかわれて、僕は真っ赤になった。

「それより、本当に風が強くなってきましたね」

僕は誤魔化すように、窓の外を見た。吹き付ける細い雪が、まるで終わりかけの線香花火の光のような、か弱い軌跡を描いて窓にぶつかってきている。

美しいけれど、外はそれだけ寒いということなんだろう。乾いて軽い粉雪が降るのは、マイナス15度以下の時だ。

「あんまり荒れなきゃいいなあ」

耕治さんも外を見て、心配そうに言った。なんとなく寒さを覚えて、僕らはキッチンで温かい物を飲もうということになった。

キッチンに行くと、女性達が食器などを片付けている最中だった。

「全部片付けてしまうんですね」

高そうなグラスを、丁寧に梱包《こんぽう》する薔子さんを見て、僕は問うた。

「ああ……この別荘自体手放すか、壊す方向で考えているんだ」

代わりに答えてくれたのは、耕治さんだった。

「ここをですか？」

「残しておいても……あんまり使わないからね」

確かに、旭岳はスキーや山登りが大好きな人には、最高の場所だけれど、そうでない人にはなかなか不便な場所に思う。

「でも……なんだか、残念ですね」

僕はそう呟くように言って、別荘を見渡した。中は真っ白の壁に高級そうな家具、絵画やステンドグラスのフードがついた、ガラスランプ等、品のいいかにも別荘といった感じで、ともすれば僕なんて気後れしてしまいそうなのに、居心地がとてもいい。

唯一、暖炉のあるリビングのあちこちに、動物の剝製《はくせい》があるのが薄気味悪いぐらいだ。

でもそれも、海外映画に出てくるログハウスっぽくて、雰囲気はある。壁からにょっきり突き出たシカの頭、シカの毛皮のラグ、そしてなんといってもインパクトがあるのは、2mほどのヒグマだ。全身の剝製で、今にも噛《か》みつかんばかりに牙《きば》をむいて、両手を突き出している。

残念ながら、右手首から先は、壊れてしまったのか失われ、中から発泡スチロールなんかがこぼれ落ちているけれど、それでも十分立派で威圧的な剝製だ。

これは耕治さんの伯父《おじ》さんの一人が、猟を趣味にしている為、耕治さんのお父さんに幾つも贈ってくれたのだそうだ。趣味ではないけれど断れない為、普段は自分の目につかない場所、そしてそれなりに箔《はく》のつく場所ということで、ここの別荘に飾っていたそうだ。

「耕治さんは、スキーとか好きそうなのに」

「……君が欲しいなら、安くするよ」

「無茶言わないで下さい」

でも、手放してしまうというのは、他人事《ひとごと》ながら残念だ。ここがあれば、耕治さんとまたこんな風に会えるかもしれないと、期待したってのもある。スノーモービルは大変な思いをしたものの、すごく楽しかった。

「父は建築家だったんだ。ここも自分で設計して建てた……だからこそ、父と一緒に葬る方がいいと思ってね」

彼はそのまま、僕を誘うようにキッチンから移動した。

「……父の寝室だ」

そう言って、耕治さんがドアを開けた。

「本……たくさんありますね」

その寝室は、奥が壁一面本棚になっていて、威圧感を感じる程にびっしりと、本が並べられていた。

「インドアな人でね。疲れたり、一人で考え事をしたくなると、ここに来て絵をかいたり、読書をしたりしていたんだ。登山もスキーも興味の無い人だったから、この別荘には誰にも邪魔されない時間を求めていたんだと思う」

耕治さんはドアの所で深呼吸を一つした。まるで見えない壁を乗り越えるように。

「……父は兄弟の中で立場が弱かったんだ。お祖父《じい》様は特に父に厳しかった。母はそんな父を恥じていたんだ。だから俺は父のようにはなるまいと、ずっと思っていた――今思えば、父には味方が居なかった」

彼はかすれる声で、呟《つぶや》くように言った。静かに、ささやくように。そうして、本棚に並んだ本達の、背表紙に触れた。重厚そうなハードカバーや、歴史を感じる古書、海外の画集もある。

「……ここにいると、知らなかったんだ」

視線がベッドへと向けられた。シーツや布団や枕はなく、高級そうなマットレスが残っている。耕治さんは、その縁に腰を下ろした。パチリと、彼は豪華なガラスランプに明かりを灯《とも》す。

「父は時々仕事と偽って、この別荘でひっそりと過ごしていたんだ。父が死んだ時も、本当は東京に行っているはずだった。もしここにいると知っていたら、すぐに病院に連れて行けたかもしれない。父は発見されて、まだ死後数時間だったんだ」

「耕治さん……」

「ここに居ると聞きつけた母さんが、朝別荘を訪ねたら、ベッドに横たわった父はもう息がなかった。慌てて旭川に住んでる薔子姉さんに助けを求めたら、ちょうど遊びに来ていた八千代叔母《おば》さんと一緒に、今日みたいに手助けしてくれた」

「……文乃《ふみの》さん、可哀想なほど、取り乱していて……ずっと、叔父《おじ》さまのご遺体に寄り添って、泣いていらしたわ」

そう、優しい声がして気がつくと、部屋の入り口に薔子さんが立っていた。

「母さんと父さんは、結構冷え切った関係だと思ってたから……男と女ってのは、わからないもんだと思ったよ。でも少なくとも、母さんが行かなかったら、父さんはすぐに発見すらされなかっただろう。俺は気づきもしなかったのに……」

どこか自嘲《じちょう》気味に、耕治さんが言う。お父さんの死の原因の一部が、あたかも自分のせいだと言うように。

「仕方ないわ。大切な人を想うからこそ、内緒にしたい事だってあるものよ。少なくとも、叔父様は耕ちゃんの事を、とても自慢の息子だと思っていたわ。だからこそ、貴方《あなた》に見せたくない自分があったの」

薔子さんは静かにベッドに歩み寄り、俯《うつむ》く耕治さんの頭を抱くようにして、頬を寄せた。耕治さんは一瞬身じろぎして、それを拒もうとした。だけど結局受け入れたのは、そのぬくもりに安堵《あんど》したからだろうか。彼の顔が泣きそうに歪《ゆが》んだ。

「だけど、親子なのに、息子なのに、理解してあげられなかった！」

「親子だから、よ。父親としての誇りがあったの。叔父様を愛しているなら、そんな風に自分を責めるのはおやめなさい」

耕治さんはそのまま肩をふるわせ、薔子さんの胸で涙をこらえているようだった。耕治さんの悲しみや、悔恨に触れて、僕も泣きそうになった。

確かに、薔子さんが耕治さんを別荘から遠ざけたがった訳だ。そして耕治さんが、やけにはしゃいでいた訳も。ここは悲しい思いに満ちている。だからこそ、耕治さんはここを手放したいんだろう。

「さ……それより、キッチンとリビングの片づけを手伝ってちょうだい？　そしてホテルの方で、お風呂《ふろ》とお食事頂きましょう？」

ね？　と薔子さんは、耕治さんを優しく促して、立ち上がらせ、そのまま部屋を後にする。ベッドの横で立ちすくんでいた僕は、二人を見送って——そして急に、一人取り残されてしまった事に気がついた。

僕はもう一度、本棚に目を向けた。文庫もあるけれど、主に大型の画集などが目立った。例えばレオナルド・ダ・ヴィンチ全絵画作品・素描集の横に、古めかしい聖書、その隣にラファエル前派画集……ラファエル云々《うんぬん》はよくわからないけれど、ダ・ヴィンチは優れた建築家でもあったと聞いたことがある。英語の本も沢山あった。あとは国内外の建築関係の本がびっしり。

外は吹雪が本格的になって、部屋はすっかり薄暗い。ランプの影が、床に長く伸びている。人の気配のない室内は、とても肌寒かった。今にも覆い被《かぶ》さってきそうな本棚から、数歩逃げるようにして、僕は部屋の外へと向かいかけ、そしてベッドと床に、茶色い染みを見つけた。

「……血」

ここで、耕治さんのお父さんが亡くなったという事を、思い知らされた。心不全だと聞いていたけれど、確か場合によって、血の泡を吐くことがあると聞いた。苦しんで亡くなられたんだろうか。

僕は胸が痛んだ気がして、部屋から出ようとランプを消しに、ベッドに駆け寄った。その爪先《つまさき》に、何か堅い物が当たる。

「…………」

何かと思って足下を見たけれど何もなかった。仕方なく、スマホを灯りにおそるおそるベッドの下を覗《のぞ》くと、指輪のケースが転がっていた。多分これを蹴《け》ってしまったんだろう。僕はそれを拾い上げ、埃《ほこり》を払い、サイドテーブルの上にのせた。結婚指輪を入れておくためのケースのようだった。何気なく開けると、中は空だった。

不意に、悲鳴のような細い音が、かすかに聞こえた。

「……風の音？」

ひゅおおお、ひぃいいい、と、それは本当に誰かが泣いているみたいな音だ。僕は急にぞくっと背筋が寒くなった。

「…………わっ!!」

刹那《せつな》、ぎゅっと誰かに肩を摑《つか》まれた。

「な、なんだ、櫻子さん」

「どうした？」

「いえ……別に」

風の音で怖くなったなんて、言えっこない。他の誰より櫻子さんには。それでなくとも、彼女には沢山情けない姿を見られているんだ。これ以上は一瞬だって見せたくない。

「そうか。ここは寒いだろう……こちらは後でやるそうだよ。今はリビングの方を手伝ってくれ」

「わかりました」

僕は誰かに見られているような気がして、部屋を出る前に一度だけ、部屋を振り返った。当然、僕を見つめていたのは無数の本達だけだった。僕はぶるりと身震いを一つして、櫻子さんの綺麗《きれい》な後ろ姿を追いかけた。

■伍

リビングに戻ると、落ち着いたらしい耕治さんが、困り顔で外を見ていた。

「どうしたんですか？」

「天候がちょっとね。ホテルまで行くのが大変そうだって話していたの」

八千代さんが答えた。確かに外は吹雪で真っ白だ。

「困ったな。ホテルまで、歩いて十分程度とはいえ、外は完全にホワイトアウトしてるみたいだ」

耕治さんも、ソファの背もたれに寄りかかるようにして、腕を抱えている。

「車はないんですか？」

「ホテルに迎えに来てもらわなきゃいけないんだ。でも今の時間は忙しいはずだ。煩わせたくない」

僕の問いに、耕治さんが首を振った。経営者らしい言葉だと、僕は感心した。

「じゃあ仕方ないわね。ホテルが落ち着く時間まで待ちましょう。お茶でも淹《い》れましょうか。ホットチョコレートもあるわよ」

「そうだな。こんな場所だから、非常食はしっかりあると思う。小腹しのぎに地下からビスケットの缶詰でも持ってこよう——正太郎、手伝ってくれ」

おなかが空《す》いてしまったけれど、これぱっかりは仕方がない。薔子さんがお茶の用意を始めたので、僕は耕治さんに促されて、彼の後を追って歩き始めた。その時、チカチカっと一瞬電気が明滅し、そしてそのままブゥン、と別荘中の電気が落ちた。

「あら」

「いやだわ、停電かしら」

八千代さんと薔子さんの二人が、不安そうな声を上げた。

「櫻子、確かサイドボードの引き出しに、蠟燭《ろうそく》があったはずだ。あと懐中電灯も」

耕治さんが言った。二人で行き先を変更し、ボイラー室の横のブレーカーを見に行った。

「駄目だ。こっちじゃなさそうだ……雪の重みで、電線が切れたとか、そういう事かもしれない」

ブレーカーを調べた後、苦々しい声で耕治さんが言う。

「地下に登山用具もあったはずだ。あそこにもペンライトやなんかがあると思う」

彼はそう続けた。もう日が落ちたとはいえ、幸い雪の薄明かりが微《かす》かに足下を示してくれるし、ひとまずスマホのバックライトを灯りにできる。

耕治さんは、だけどまずホテルに連絡をしていた。幸いホテルの方の電気は無事らしい。ただ、雪が酷《ひど》すぎて、車を出すのは少し危険かもしれないと言われたそうだ。

「じゃあ、今夜は朝までこのまま、ですか……」

「せっかくの休みに、ごめんな」

地下室へと歩き始めた僕に、耕治さんが申し訳なさそうに言った。

「いいえ。なんだかワクワクしません？　ちょっとした非常事態って、スリルがありますよ」

そんな耕治さんがなんだか可哀想で、僕は努めて明るい声で言った。幸い室内だし、万が一助けが来ない状況だとしても、一晩ぐらいなら生死に関わることもないだろう。

昼間のスノーモービルで遭難しかけた事に比べれば１００倍マシだ。

「そうか？……俺は、せっかく薔子姉さんと一緒にいるのに、これじゃあ何もかも予定違いだよ」

「……薔子さんと？」

「…………」

聞き流そうとしたけれど、ついその名前が気になってしまった。隣を窺《うかが》うと、耕治さんは暗闇の中、なんだか『しまった』という顔をしているようだった。

「……もしかして、昔から在原さんを虐《いじ》めてたって、そのせいなんですか？」

「何が言いたいんだよ」

在原さんと耕治さんは年の近い従兄弟《いとこ》で、昔から顔を合わせる機会が多かったけれど、決まって耕治さんは在原さんに意地悪をしていたのだと、初めて耕治さんに会った時に、聞いたことがある。

在原さんの事を、まるで実の弟か子供のように可愛がっている薔子さんは、その事を「嫌だわ」と言っていたはずだ。

「……耕治さん、もしかして、昔からずっと薔子さんの事を――」

「悪いかよ！　今は姉さんも独り身なんだ。従姉《いとこ》だから、その気になれば、その……結婚だって」

図星だ。僕が言い終わる前に、耕治さんが言い返してきた。

「まあ、法律的にはそうですけど」

問題は、薔子さんにその気があるかどうかじゃないだろうか？

「いや、別に籍とか入れなくってもいいんだ。側で、力になれるなら。でも俺、そういうだらしないのとか、好きじゃなくてさ。出来ることならキッチリしたいし、お祖父《じい》様のように、一人の女性を大事にしないのは嫌なんだよ」

本人に万が一聞かれては困るのか、慌てて声のトーンを下げて、彼は言う。その声は真剣そのもので、どうやら本当に、耕治さんは薔子さんの事が好きらしい。確かに薔子さんはとっても素敵な女性だ。

「……最初に会った時、感じが悪かったのはそのせいだったんですね」

「そりゃあ正太郎は、最初姉さんの恋人って触れ込みで、俺の前に現れたからな」

どうりで今回顔を合わせた時は、意地悪じゃないわけだ。

「じゃあ……恋人とか、居ないんですか？」

「居ないよ。薔子姉さんが今独りなのに、なんで俺が他の相手を作れるんだよ」

僕は、へえ……と相づちを打った。意外だった。だけど……あこがれの女性を想い続けて、力になりたい、誠実でありたいと言う耕治さんに、僕はなんだか奇妙な共感というか、その気持ちがわかるような気がしたのだ。

「お前、知った以上は協力しろよな」

「協力はいいですけど……でも、無理だと思うなあ」

「なんでだよ！」

「薔子さんは、未亡人だけど……胸の中にはまだ、ご主人の存在があると思うから」

夫を亡くしてから、辛い想いをしながらも、薔子さんは多分まだ、夫・秋人《あきひと》さんの事が好きだ。今もまだ、彼女との会話の端に、秋人さんの存在を感じる。

「死んだ人間か……」

ぽつん、と耕治さんが呟《つぶや》いた。

「くそ、狡《ずる》いよな。あっちは時間をかけて、いい思い出だけ残ってさ、生きて泥臭いこっちの人間じゃ、勝ち目が無くなっちまう」

「…………」

勝ち目が無い、か。

僕の心に、ソウタロウ君の姿が過《よ》ぎった気がして、胸がズキンと痛んだ。

「……でも、そのかわり、生きてる僕らは、新しい思い出をもっともっと、沢山作る事が出来ます」

――そうだ。ソウタロウ君が作れなかった思い出を、僕は櫻子さんと作る事が出来る。

「でもとにかく、今の状況をなんとかしましょうよ。逆にいい思い出を作るチャンスかもしれないですよ？」

「そうだといいんだけどな……」

弱々しく、耕治さんが呟いた。

地下室に行くと、場所が山奥であることを想定してか、非常用の備えがしっかりと用意されていた。

アルファ米にパンやビスケットの缶詰。チョコレートバーや防災用のようかんの他、フリーズドライの宇宙食まであった。たこやきやシチューの他、ロールケーキやアイスまであれば、櫻子さんもご機嫌だろう。

「ここ、コンロってガスですか？　電源を使わないタイプ？」

「いや……確か電磁調理器《IH》だったと思う」

「……じゃあ、お湯も沸かせないって事ですね」

「あ……」

他にも飲料水や、アウトドア用品などもあった。鉈《なた》やナイフ、ライターやランタンやペンライトの他に、缶入りのホワイトガソリン《白ガス》と小型のガスバーナーがあったので、それを借りることにした。僕の持っている物とは違うブランドの物だけど、多分使えるだろう。

リビングに移動すると、案の定薔子さん達が、お湯も沸かせないと途方に暮れていた。室内でやるのは、少しためらわれたものの、細心の注意を払って、僕はシュコシュコとポンピングした、白ガス入りのボトルをバーナーに繋《つな》ぐ。

そのままプレヒーティングの作業をしていると、気がつけば薔子さん、八千代さん、耕治さんの三人とも、とても心配そうに僕を見ていた。やりにくかったけれど、そのぐらい僕に信用がないのは、なんとなくわかっている。

だけど幸い僕は、登山が趣味のお祖父ちゃんに、火ぐらい手際よく熾《おこ》せるように仕込まれている。慣れない道具とはいえ、仕組みは理解しているつもりだ。

「これで、大丈夫です。お湯が沸かせますよ」

なんとか一発で準備ができた。青い火が揺れ始めたのを見て、僕はほっとした。あとは換気と火事に気をつければいい。

「……お前、思ったより役に立つな」

しみじみと耕治さんが呟いた。

「祖父の登山につきあわされているので、このぐらいなら」

僕は澄ました顔で答えた。内心大丈夫かドキドキだったけれど、これで少しは櫻子さんの前で格好いいところを見せられただろうか？　でも顔を上げると、僕に興味なんてなさそうに、櫻子さんはソファの前で真剣に、お菓子を選んでいた。ガッカリにも程がある。

でも何はともあれ、これでお湯は確保できた。一度に沢山は無理だけど、小さい鍋《なべ》で回数を重ねれば、人数分の食事の用意もできるだろう。

「なんだか、こういうのも楽しいわね」

熱いから気をつけて、と僕に温かいホットチョコレートを手渡しながら、薔子さんが微笑んだ。牛乳がなかったので、お湯にスキムミルクを溶かした物に、ロイズのチョコレートスティックを溶いたそうだ。濃厚な味わいに、僕もほっと一息だ。

「それにしても……こうやって見ると、やっぱり気持ち悪いわね」

ダイエット中なので、甘い物はいらないと言った八千代さんが、不意に体を震わせる。リビングは、ランタンのオレンジ色の灯りに照らされている。そのせいで、リビングの剝製《はくせい》達が、陰影を濃くして浮かび上がっていた。

「気味悪いとは言ってたんだけど、普段あまりリビングルームは使わなかったらしいし、捨てるのは贈ってくれた伯父《おじ》に申し訳ないし、剝製達もそれではなんだか忍びないと言ってってさ」

耕治さんが困ったように苦笑いする。

「だってこう……なまじ、生きてるときのような姿をしているとな」

そう言って、彼は自分の横のヒグマを見上げた。

「確かに……それに剝製って、どうやって処分するものなんでしょうね」

「悩むことはない。一般的には可燃ゴミだ。大型の場合は大型ゴミに出せばいい」

どうやら、宇宙食のロールケーキを食べることに決めたらしい櫻子さんが、パッケージを胸に涼しい顔で言った。僕と耕治さんは、揃って顔を顰《しか》めた。

「ゴミって……でもお寺でお焚《た》き上げとかしてもらわないと、なんだか祟《たた》られそうじゃないですか」

「だからさあ、そういうのは心情的にできないって言ってんだろ？　お前は相変わらず、『人の心』ってものがわかりゃしないんだな」

あきれ顔で耕治さんは、それでも自分に先に渡されたホットチョコレートを、櫻子さんに手渡した。そうか、耕治さんも櫻子さんを、子供の頃から知っているんだ。

「オークションっていう手もあるそうだから、後で調べておいた方が良いわね……それより、なんだか寒くなってきていない？」

お金にシビアな八千代さんが、自分用に紅茶を用意しながら言いかけて、また体を震わせた。そういえば、確かに室温が下がっている気がする、指先が冷たい。

「そうか、暖房も止まってるのか」

はっとしたように、耕治さんが言ったので、僕らは顔を見合わせた。

「……そうよね、考えてみたら、FFストーブも、停電の時は使えないのよね」

そうだった。燃えているのは灯油でも、動かしているのは電気なのだ。

「あ、そういえば、さっき使ってない石油ストーブを見ましたよ。あのタイプなら、多分停電でも使えると思います」

でも、僕ははっと気がついた。地下室を調べた時、使われていない、古いタイプの石油ストーブがあったのだ。

「そういえばあったたな。用意しよう。灯油はある。朝までリビングで過ごすしかないけれど、まあ仕方がないな」

「この暖炉も使えないんですか？」

でもストーブ一つでは、せいぜい暖められる範囲に限界がある。僕は暖炉を指さした。櫻子さんの家の暖炉と違い、灰がたまり、明らかに使われていた痕跡《こんせき》がある。

「夏でも寒い日は暖房が必要らしいし、親父は好きで使ってたって聞くけど、あれ以来煙突掃除もしてないしなあ」

ひとまず灯油ストーブとフリース毛布を地下から調達すると、僕は一応暖炉の掃除をできる限りしてみようと思った。確かに煙突が詰まっていたら怖いとはいえ、なまじ部屋の広いこの別荘のリビングで、灯油ストーブは一台では力不足だ。

「サンタさんみたいに、煙突って通れる物なんですかね。潜ったら掃除できるのかな？」

　僕はペンライトを片手に、なんとなく暖炉を照らしてみた。

「子供の頃見たホラー映画でさ、ヒロインの父親が、クリスマスにサンタのフリして煙突通ろうとして、首の骨折って中で……っていうのがあったっけな」

「………」

　耕治さんときたら、嫌なことを言う。

「あと、ハサミ男が出てくるゲームで、暖炉を覗《のぞ》いた瞬間に、中に引きずり込まれるっていうのが……」

「やめて下さいよ！　怖くなるじゃないですか！」

「ははは、まあ……確かに寒いけど、無理しないで毛布もあるし。今日はみんなでここに集まって過ごせばいいんじゃないか？」

「そうですけど……」

　今はまだいいかもしれない。気密性も高そうだし。だけど夜が深まるにつれて、外の気温は下がっていくだろうし、ランタンやバーナーを使うには、適度に換気をしなければならないのだ。できることなら、もう少し部屋を暖める術《すべ》があった方が良いと思う。

　とにかく僕は、せめて汚れた暖炉の中を掃除することに決めた。燃え残った炭と灰と、埃《ほこり》がたまっている。

　ペンライトを口にくわえ、暖炉の横にあったアンティーク風の（もしかしたら、本当に年代物なのかもしれない）真鍮《しんちゅう》製の火ばさみや、スコップ、箒《ほうき》を手に、中の物を掻《か》き出そうと、まずは火ばさみで炭を摑《つか》んで――そして、中に何か燃え残っている物があることに気がついた。

「うん？」

「どうした？」

一通り僕をからかい終えて満足したのか、ソファに戻りながら、耕治さんが僕に声をかけた。でもあまり興味のなさそうな、とりあえずの相づちのようなものだった。

「いえ……何か、ゴミ、かな……」

なんとなく、ざわっと嫌な予感がした。

僕は箒に持ち替えて、慎重に埃と灰を掻く。

「骨？」

所々黒く汚れた、乳褐色の何かが姿を現した。

「……え？」

少しずつ、箒が動くたび、それが全貌《ぜんぼう》を現す。

「ひッ！」

僕は尻餅《しりもち》をついた。

「櫻子さん！」

悲鳴を飲み込みながら、僕は櫻子さんを呼んだ。僕の反応にすぐに気がつき、櫻子さんが駆け寄って来る。

「骨か」

ランタンを掲げて、櫻子さんが尻上がりの口笛を吹いた。

燃え残った薪《まき》の欠片《かけら》や白い灰に埋もれるようにして、形状のわからない黒く燃え残った何かと一緒に、ひとかたまりの骨が横たわっていた。中心から一本、二本といくつも枝分かれした骨は全部で五本——手だった。人の、掌《てのひら》だった。

僕は戦《おのの》いた。暖炉の中、灰の下に人の手首から上の骨が、丸々燃え残っていた。

■陸

暖炉用のちりとりで、綺麗《きれい》に掌をすくい上げた櫻子さんは、ダイニングテーブルにランタンを置き、新聞紙を広げ、その上で骨接ぎを始めた。

「や、やめなさいよ……警察に任せた方が良いわ」

「警察に？　心配するな、貴方《あなた》たちの迷惑にはならないよ」

ソファの上で、八千代さんと耕治さんが震え上がっている。薔子さんは、とても険しい表情で、櫻子さんを見つめていたけれど、結局何も言わなかった。言っても無駄だと知っているからだ。

「ほう……これはこれは」

驚きすくみ上がっている僕らなんてどこ吹く風、櫻子さんは退屈な夜に手に入れた、すてきな玩具《おもちゃ》を前に嬉々《きき》としていた。

「ふうむ？」

「どうかしましたか？」

「いや。あまり長時間、焼かれなかったようだ。軟骨部分が残っている」

櫻子さんは、ランタンの灯りを頼りに、しなやかに指を動かしていた。長く、白い指。僕はそんな彼女の指先だけを見ていた。灯りに照らされて、櫻子さんの指先はいつもより綺麗で、なんだか妙にどぎまぎした。

「この骨が何かわかるかね？　少年」

「へ⁉　あ、何って……人、じゃないんですか？」

見とれていたのがバレたのだろうか、櫻子さんがくすっと笑って手招きをした。

「手を」

「て？」

彼女が僕に向かって、掌を広げてみせる。言われるままマネて手を広げると、櫻子さんは白い指を絡めるようにして、僕の手を握ってきた。驚きに心臓が止まりそうになる。

「あ、あの！」

いったい何を――？　そう確認するより先に、指に鈍い痛みが走った。

「い、いててて！」

何を思ったか、櫻子さんが僕の指を強引に、関節とは逆の方、手の甲に向かって無理矢理曲げようとしたからだ。

「曲がらないね」

「当たり前です！」

言い返すと、櫻子さんはあっはっはと声を上げて笑った。

「——だが、軟骨を見る限り、この掌の持ち主は、もっと可動領域が広いようだ。これがどういう事かわかるかな？」

「わかりません、そんな事」

さっとふりほどいた手を、ブラブラとほぐしながら、僕は幾分拗《す》ね気味に答えた。

「よく考えてみたまえ。ヒントはこの部屋の中にあるよ」

「部屋の中？」

「……ヒグマ？」

だけど、僕が考えるより先に、薔子さんが答えを出した。

「ええ。少なくとも、その大きさで、人の手に似た形の手をしている動物は、この部屋にはクマ以外にいないでしょう？」

小首を傾げるようにして、薔子さんが言う。櫻子さんはにっこり微笑んだ。

「さすがは薔子夫人だ。正解だよ」

答えを聞いて、リビングの雰囲気が一気に緩んだ。「なんだ……」と安堵《あんど》の気分だ。

でも確かに、人間ぐらい大きな手を持つ生き物は多くない。

「じゃあこれ、クマの手なんですか？」

「そうだ。ヒグマの掌は、人間の物によく似ているんだ。時々法医学講座に、警察から鑑定で持ち込まれることがあるぐらいね」

薔子さんもほっとしたように、もう一つのランタンを近づけて、持ってきたリンゴを剝《む》き始めた。みずみずしい香りが、僕の鼻腔《びこう》をくすぐる。僕はリンゴが大好物だ。

耕治さんは本を読むふりをして、さも灯りの側でなければ……という風に、薔子さんの隣に腰掛けた。絶対にドサクサだ。

「もう……もし人間のだったらどうしようって、ドキドキしましたよ」

まったく……と、僕は苦笑いした。すると櫻子さんはにっこりと笑みを浮かべたまま、首を横に振った。

「いや、人間の物というのも、誤りではない」

「……え？」

「見たまえ、指が一本多い。それもこれだけ、左手だ。また、太さなどを比べてみるとよくわかると思う。この骨だけ、他の骨とは微妙にサイズが違うはずだ」

「…………」

また、リビングが凍り付いた。櫻子さんだけは楽しそうに、一欠片の骨を手にとって、愛《いと》おしげにランタンに掲げて見ている。

「おそらくだが、薬指かな？　この断面から見るに、おそらくナイフか何かで切り落としたんだろう」

　ぼとっと、薔子さんの手からナイフとリンゴが落ちた。落ちたナイフが太ももスレスレにソファに刺さって、耕治さんが「ヒッ」と小さく悲鳴を上げる。

「いや、そのナイフではない。もっと刃の厚いものだろう」

　不意に僕は地下室で見たサバイバル用ナイフや、鉈《なた》の事を思い出した。あれに血はついていただろうか……。

「でも、なんで暖炉の中に人の指があるんだよ！」

　耕治さんが震える声で言う。確かにそうだ、クマならともかく、どうして人の指が暖炉の灰の中にあるんだろう。

「いいや。そもそも、なぜクマの手が？　というところから始めるべきだと思う。ここにこれがあるのも、非常に不自然だ」

　そう言われると、クマの手が暖炉で燃えていること自体も異常だ。これが例えば鳥の手羽先だとかだったら、ゴミの始末とか、簡単に理由がつけられる。だけど、クマだ。そう簡単にクマの手なんて、手に入れることもできないだろう。

「でも山の中ですし……クマ鍋《なべ》にした、残り……とかですかね？」

「残った物を、何故わざわざ暖炉に？　しかも、手の部分だけ？」

「他にも燃やしたけれど、それだけ燃え残ったとかじゃないのか？　ゴミを外に出しておくと、ヒグマを呼び寄せて危険だって言うし、生ゴミの始末をしたのかもしれない」

僕の答えを、耕治さんが補足するように言った。

「暖炉の炎では、骨まで灰にはならないよ。暖炉で始末したというなら、他の部分の骨が残っていて然《しか》るべきだ」

「じゃあ……？」

僕らは答えを見つけられず、顔を見合わせた。八千代さんに至っては、すっかりおびえたように、気分が悪そうに、苦々しい表情を浮かべて黙り込んでしまっている。

「おそらく、間違いないだろう。この手の持ち主は、あのヒグマの剝製《はくせい》だ」

やがて櫻子さんは、僕らが降参したとみて、まっすぐ飾られたヒグマの剝製を指さした。

「え？　剝製？　でも剝製に骨が？」

僕はまた驚いた。剝製の作り方はよくわからないけれど、少なくとも内側は取り出され、中に別の素材を詰め込んで、固めているのだと思っていた。

「確かに、大部分は発泡スチロールやウレタン等を、中に詰めることが多いね。だが頭部や手などの部分には、こんな風に骨が用いられることがある」

櫻子さんは、調べるためにもう一本の手を切り落とそうと提案した。だけどさすがにそれは誰も賛成しなかったので、不本意そうに顔を歪《ゆが》め、一人掛けのソファに乱暴に腰を下ろした。僕はその横の、肘《ひじ》掛けに腰を下ろし、ダイニングテーブルに広げられた骨から目をそらす。

「じゃあその中に……人の指を隠してあったとか？」

なんとかヒグマへの害を阻止した耕治さんが、薔子さんの隣で安堵の息を洩《も》らしながら言う。

「でもそれは、クマの手を焼いた理由にはならない。そんな物を隠しているなら、暖炉にくべる必要は無いだろう」

「知らなかったのかも？」

今度は僕が答えると、櫻子さんは肩をすくめた。

「だからそもそも、どうして剝製の手を、暖炉で燃やす必要があったんだ？　私はその理由が知りたいんだよ」

「……弔い、だったとか。壊れた部分を、捨てるのは抵抗があったのかもしれない。火は、昔から悪い物を浄化してくれるって言うだろ？　櫻子にはわかんないだろうけど」

今までの中では一番尤《もっと》もらしい答えに聞こえた。だけど僕もそれでは不十分であることにすぐに気がついた。それだけでは、人骨が見つかった事につながらない。

「……カモフラージュ？　人の手に見せかける為の？」

必死に頭をひねって、僕は答えを絞り出した。

「……いい答えだ。まさにカモフラージュだな。だが逆だろう。実際、人の指の上に覆い被《かぶ》さるようにして、クマの掌《てのひら》は骨になっていた。人の指を誤魔化すために、クマの手を一緒に燃やしたんだ。おそらく犯人は、クマの骨格に詳しかったんじゃないかな」

そうして、長い足を組み替えて、櫻子さんはくすっとまた笑った。

「私も一度だけ、山で拾ったことがある。その時は本当に、私も人の物かもしれないと思ったよ。だから私は興奮して、こっそり屋敷に持って帰ったんだが、見つけたばあやが腰を抜かしてしまって、叔父貴《おじき》の病院に――」

くすくす、くすくす、それがさもおかしい事だというように、櫻子さんが笑いながら話す。だが、聞いている僕らは誰一人おかしいとは思えなかった。骨ニストにしか理解できないジョークとでもいうのだろうか。

「もう、いい加減にして！」

とうとう我慢できなくなったように、八千代さんが声を荒らげた。

「きっと勘違いだわ。こっちもきっと、クマの指よ！　だからもう、こんな話やめにしてちょうだい！」

「そうね……もうやめましょう。そうだわ、寝る準備もしなくちゃね。何かあるかしら」

八千代さんは本当にもう聞きたくないと、両耳を覆った。薔子さんは、声のトーンを上げ、軽やかに僕と耕治さんに笑いかけた。でも、なんだか妙にわざとらしい仕草に感じるのは気のせいだろうか？

「そんな訳は無い。私はクマと人の骨は混同しない。これは絶対に、人間の左手薬指だ！」

　だけど、櫻子さんは引かなかった。むしろ否定されて、少し怒ったように反論する。

「そうなの櫻子、でもね、もうちょっと……」

　さっと、薔子さんの顔色が変わった気がした。八千代さんも、なんだか妙に困ったような、都合の悪そうな表情で、僕を見た。まるで櫻子さんを止めて欲しいと、懇願された気がした。

「櫻子さん、あの――」

「いいか。これは異常な事だ。物事には必ず骨があると、貴方《あなた》も知ってるはずだ、薔子夫人。偶然、暖炉の中で、クマの手も、人間の指も見つかるわけがないんだ。誰かがここに、ここの暖炉で燃やしたに違いないんだよ」

　ソファから立ち上がり、櫻子さんが断言する。確かにそうだ。なのにとっても奇妙な雰囲気が、リビングに流れていた。まるで、この話をしてはいけないような、して欲しくないような、そんな雰囲気が、八千代さんと薔子さんから溢《あふ》れている。

「……左手の、薬指？」

　だけどそんな櫻子さん達のやりとりには加わらず、耕治さんがソファでポツリと呟《つぶや》いた、俯《うつむ》いて。

「耕ちゃん、いいのよ。この子の話に無理につきあわなくて、ね？　そうだわ、私ったらいやね。つい話に夢中になってしまって。それよりもリンゴを食べましょう。今剝《む》いてあげるから」

焦ったように、何かを誤魔化すように、薔子さんが明るい声で言った。隣に座る耕治さんに。彼女は俯いている耕治さんの肩を抱くようにして、なんとか雰囲気を変えようとしていた。だけど耕治さんは頭を上げなかった。

「薔子夫人、これは本当に奇妙な事なんだよ。私は真実が知りたい。私の中で、この骨とクマの骨が繋《つな》がっていないんだ」

「……世の中、繋がらない事なんて沢山あるわ。物事がすべて、貴方が思うほど整然ではないのよ」

櫻子さんが言った。薔子さんは耕治さんを優しく見つめ、柔らかい表情は変えないまま、だのに妙に低い、冷たい声で答えた。その声に、確かな怒りを感じる。

「それでも、だ！　理由がわからない事ほど、気分の悪い事はない。善と悪、そういう曖昧《あいまい》な話をしているわけではないんだ。事実と結果、揺るぎないものを、私は知りたいんだ」

「気分なんて、どうだっていうの⁉　お願いだから、もうやめてちょうだい！」

また、八千代さんが叫んだ。今にも泣きそうな声で、僕は薄々、何かがおかしい、その理由に気がつき始めていた。

二人は何かを隠そうとしている。それも、多分、暖炉から見つかった指に関わることを。

「櫻子さん……薔子さん達の言うとおりです。ちょっと、落ち着いた方が良いですよ」

僕は緊迫した雰囲気をなんとかしようと、櫻子さんに声をかけた。櫻子さんは何か言いたそうに口を開きかけたけれど、僕の表情も真剣なことに気がついて、不本意そうに口をつぐんだ。

ひととき、沈黙が流れた。誰もが何を言って良いかわからないような、そんな気まずい沈黙を破ったのは、耕治さんの深い溜息《ためいき》だった。

「怪我していたんだ、父さんは」

また、耕治さんが呟いた。薔子さんがひゅう、と喉《のど》を鳴らして息を吸った。

「父さんは、死ぬ前に怪我をしていたとかで、左中指から小指に包帯が巻かれていた……俺は直接、傷は見ていない」

耕治さんが頭を上げた。薔子さんを見つめると、今度は視線をそらすように、薔子さんが俯いた。

「まさか……無かったのか？　薬指が」

「…………」

その問いには誰も答えなかった。つまり、薔子さんと八千代さんは、否定をしなかった。

「……どういうことなんだ」

「お祖母《ばあ》様の……ご判断だったの。それは死因に関係ないってお医者様が仰ったから、だったら貴方をわざわざ悩ませる必要はないだろうって……」

八千代さんは、答えられないように、両手で顔を覆っていた。代わりに薔子さんが答えた。深い溜息を洩らした後に。

「なんでお祖母様が？　悩むって、どういう事だよ！」

とうとう、その質問に答えることができなくなってしまったように、薔子さんも黙ってしまった。耕治さんは薔子さんの両手を摑《つか》んで、必死に答えを求めた。でも、彼女は答えない。

だけど僕の脳裏に、一つの答えが浮かぶ。言うべきかどうか悩んだ、薔子さんは言って欲しくないのだろう……でも、僕は耕治さんを欺く事もできないと思った。彼があんまり辛《つら》そうだったからだ。

「もしかして……指輪……ですか？」

それも左手の薬指といえば、特別な意味のある指だと思う。

「左手の薬指って……やっぱり結婚指輪かなって」

「そんな筈《はず》ない。細かい作業をするのが大好きだった。だから結婚指輪は、日常的に付けてなかったんだ。指を動かす時に煩わしいからと」

「え？　でも、寝室に結婚指輪のケースがありましたよ。空っぽでしたけど、ペアリングの」

八千代さんと薔子さんの唇から、さざ波のように吐息が溢れた。僕はやっぱり、自分が余計なことを言っているのだと気がついた。

「……成る程、そういう訳か」

そんな僕の横で、僕以上に気の利かない櫻子さんが尻上《しりあ》がりの口笛を吹く。

「だから貴女達二人は、耕治をここから遠ざけたがっていたんだな。片づけたいのはこの別荘ではなく、別荘に残る『もう一人』の痕跡《こんせき》か」

ふん、と鼻を鳴らし、櫻子さんは深くソファの背もたれに寄りかかった。満足そうに。

「やっとわかったよ。女……いや、女とは限らないが、耕治の父・耕四郎とその愛人の痕跡を消すために、貴女達は先回りして必死に火消しをしていた訳だね」

櫻子さんは、薔子さんと八千代さんを見た。二人とも、櫻子さんとは目を合わせなかった。

「愛……人？」

耕治さんが、うわごとのように繰り返す。

「ああ。確かに君は昔から、自分の祖父の女性に対する姿勢だけは否定的だ。結婚について潔癖なところがある。自分は絶対に、妻を裏切らないと、そう口癖のように言っているな」

「じゃあ……父に、愛人がいたっていうのか」

「おかしいと思わないか？　札幌に居を構える耕四郎氏が、何故こんな山奥に別荘など所有していたのか。家族に何も言わずに、どうして時折ここに籠《こ》もっていたのか。それが愛人との逢瀬《おうせ》のためだとすれば、確かに得心するよ」

やっと謎が解けた。納得したというように、櫻子さんは笑顔だ。無邪気なほどに。だけど彼女以外誰一人、彼女が導き出した結論を『良かった』なんて思ってなかった。僕でさえ。

「従姉《ねえ》さん達は……二人は、最初から知っていたのか……？」

「……そうよ。十年近く前から、耕四郎兄さんには女性が居たの。文乃さんも知っていたわ。ただ、貴方が絶対に、それを受け入れられないだろうから、みんな隠していたのよ」

喉の奥から絞り出した、耕治さんの問いかけに、とうとう覚悟を決めたように、八千代さんが答える。

「耕四郎兄さんが死んだ夜、その女性は一緒にこの別荘にいたらしいの。お金に目が眩《くら》んだのかしらね。私達が駆けつけたときにはもう、女性の姿は無かった。何が盗まれたのかはわからなかった。サイフは残されていたけれど、現金は殆《ほとん》ど入ってなかった」

嫌悪感のこもった声で、八千代さんが言った。

「だけど、耕四郎兄さんは、もともとあまり現金を持ち歩く人じゃないから、本当に盗まれたのかどうかはわからないわ。私たちは兄さんのコレクションを把握していたわけでもないし……少なくとも、そこのガレのランプはそのまま残されているものね」

けれど灯りの灯《とも》らないランプが、立てられた蠟燭《ろうそく》にひっそり照らされているのを見て、そう言い換えた。

「でも……どうやら亡くなった後、左手の薬指を切断されていたみたいなの。私も多分、そこには指輪があったんだと思う……他に理由が思いつかないしね。証拠隠滅の為か、金品目的なのかわからない。だけど彼女は兄さんの手から、指ごと指輪を持ち去った」

「お医者様の話では、傷に生体反応が見受けられなかったんですって。だから死後、どうしても抜けなかったので、ナイフで切り落としたんでしょう。もしかしたら、阿部定《あべさだ》のように恋しい人の一部分を持っていったのかも、と思っていたけれど……」

そう後を引き継いで、薔子さんが静かな声で言って、暖炉を見た。

「でもサァちゃんの言うとおり、切った部分を暖炉に燃やして、隠匿しようとしたんでしょうね」

そこまで言うと、薔子さんは深く溜息をついた。

「ごめんなさい、黙っていて。でも耕四郎叔父《おじ》様は、貴方《あなた》の為に愛人の存在を隠していたの。貴方を愛しているから、貴方に恥ずかしいマネをしたくなかったから」

「俺の為?……本当に愛していたなら、きちんと話せば良かったんだ！　正当に離婚なりの手続きを踏んで、筋を通すべきだ！　なのに隠れて、こんな後ろめたいことをしていたなんて……どうして、そんなのどうして許せるって言うんだ!?」

耕治さんが声を荒らげた。薔子さんの膝《ひざ》から、リンゴが転げ落ちる。ととっと音を立てて、それは僕の足下まで転がってきた。血のように赤い色だと思った。

「筋って……それはつまり、文乃さんを家から追い出して、新しい女性と新しい家庭を築くということ?」

「え……?」

抑揚のない声で、薔子さんが言った。耕治さんが凍り付く。

「お父様の決めた見合い結婚だったから、文乃さんはある程度覚悟をしていたの。なんてったってあの男の息子だし……お母様は、愛人の存在にとても寛大な人だから。それに離婚の話は出ていたのよ。でも文乃さんは最後まで了承しなかったの」

八千代さんが苦々しい声で言った。『あの男』――八千代さんと耕四郎さんの父、つまり耕治さんのお祖父《じい》さんは、齢《よわい》九十にして、家の女中さんを妊娠させるほど、女性関係が激しかった。

八千代さん達の実家、東藤家は、他ならぬ東藤清治郎の血で作り上げられた蟻塚のような物だと、東藤家の血を引く在原さんから聞いたことがある。

「耕四郎兄さんの選択が、正しいことだったとは、私も思わないわ。だけどどうしても、愛する人と離れられなかったのね。ここに別荘を建てることで、家庭との折り合いをつけていたのだと思うわ」

そうして、八千代さんはまた、櫻子さんを見た。

「……どう? これで満足?」

「何がだ?」

「こんな風に、耕四郎兄さんが、私たちが、みんなで隠しておきたかった事を、好奇心だけで下世話に暴いて満足かと聞いたのよ」

「八千代さん……そういう訳じゃないんです」

厳しい言葉を投げかけられ、櫻子さんが一瞬だけ身じろいだので、僕は言った。僕はわかっている。櫻子さんに悪意はなかったのだ。ただ、好奇心が、知りたいという強い欲求があっただけだ。

「じゃあ、どういう訳だっていうの⁉　こんな事、耕治は知る必要無かったのよ。そうすれば、父親の存在を、綺麗《きれい》な思い出として残しておけたのに！」

とげとげしく投げかけられた言葉は、次第に明確な怒りに変わった。

「隠しておきたいことには、それだけの理由があるのよ！　なんでもむき出しにして、綺麗に飾っておけると思ったら、大間違いだわ！　普通の人はね、骨なんて見たくないのよ！」

「見たくないからといって、目をそらしていれば良いのか？　そんな事は、結果を先送りしているだけではないのか？　事実《骨》は何も変わらない」

「世の中の人はね、みんな心があるのよ！　誰でも自分みたいに、割り切れると思わないで！」

「――いいんだ、大丈夫だ」

不意に、耕治さんが立ち上がった。八千代さんと、櫻子さんの間を絶つように。

「いいよ……二人の気持ちは嬉《うれ》しいけどさ……内心、どこか変だと、俺もずっとなんとなく……感覚的にはわかってた。それに……受け止められないほど、俺ももう子供でもないさ」

耕治さんは、床に落ちてしまったリンゴを拾い上げ、櫻子さんの膝に置いた。

「じゃあ父さんは、幸せだったかもしれないんだな。辛い思いをして、孤独に逝かせてしまったと思っていたから……まあ、ショックではあるけど、ほっとしたよ」

知らないでいるより良かったと思う――耕治さんはそう、ほとんど声を出さずに言った。はっきりと声に出せなかったのは、声に出してしまえる程、やっぱりその言葉に確信がなかったのかもしれない。

だけど、それでも彼は櫻子さんを見た。

「なんだかすっきりした、ありがとう」

「……そうか」

まっすぐにお礼を言われ、櫻子さんがまた身を竦《すく》めさせた。そんな風に言われると思ってなかったんだろうか、なんだか気まずそうに唇を尖《とが》らして、彼女はそっぽを向いた。

「……睡眠薬があったの。ベッドの横に」

また、少し沈黙が流れた。今度、その沈黙を破ったのは薔子さんだった。彼女はかすれた声で、涙をこらえるように呟《つぶや》いた。

「指の傷には、生きている時につけられた反応がなかったの。だから……叔父様が自分で死を選ばれたのかと、文乃さんはとても後悔していたわ。自分のせいで死んだのではないかって。だけど、お医者様によく調べて貰《もら》ったら、お祖父様と同じ心臓の病気だった」

「そうか……」

耕治さんは俯《うつむ》いた。

「……まあいいさ！　母親を守るのが息子の仕事だ。父さんの代わりに大事にしてやってやって、息子の俺が言うのもなんだけど、年の割には若いと思うんだよ。海外にでも行かせてやって、イタリアで若い男と情熱的な恋に落ちて貰おう」

けれど彼は、努めて明るい口調でそう言った。笑みを浮かべて。その瞳《ひとみ》は、涙で濡《ぬ》れているようだったけれど。

「それで……その、父の恋人という人は？　彼女は、どうしているんだ？　父さんの葬儀にも、呼ばれなかったんだろ？」

耕治さんは言いにくそうに言った。

「それが……連絡が、つかないのよ」

八千代さんが、首を横に振る。

「……そうか。ま、元気にしてくれているならいいな。指輪も金に換えてさ、自分のために使ってくれていたらいい」

「結婚指輪なんてものは金にはならないよ。二束三文だ」

櫻子さんがまた、余計な口を挟んだ。

「……じゃあ、父さんとの思い出として、大事にしてくれているとしたらいいな……父さんも喜ぶだろう。それでいいんだ。きっと……それでいい」

そこまで言うと、耕治さんの声が震えた。

「耕ちゃん……」

薔子さんが差し出した手を、彼は今度こそやんわりと断って、少し一人にして欲しいと言った。他でもなく、彼女の前では泣きたくない彼の気持ちがわかって、僕はリビングから一人離れようとする彼に、一番暖かそうなフリース毛布を手渡した。

■漆

悲しい夜になる事を覚悟した僕だったけれど、夕べはどこからかお酒を見つけてきた耕治さんが、リビングに戻ってきた事で、結局酒盛りになってしまった。

勿論《もちろん》僕は飲めないし、櫻子さんもそう沢山飲む人ではない。

それでも朝方まで、なかなか楽しい時間が続いた。八千代さんはいかにもお酒を飲みそうだが、それ以上に酒豪なのが薔子さんだったというのは驚きだった。あっという間に飲みつぶれた耕治さんの横で、澄まして度数の高いお酒を傾ける姿に、また千代田薔子という女性の底知れなさを垣間《かいま》見た気がする。

そうしてなんだかんだと夜が明けて、朝七時を過ぎた頃に別荘を大友さんが訪ねてきた。雪が落ち着いてきたので、急いでやってきてくれたというのだ。ここまで来るのは大変だったようで、彼は真っ赤な顔で、ふかふかした眉毛《まゆげ》に霜を降らせていた。きっと雪をかき分けながら、ここまで来てくれたんだろう。

「ありがとう大友さん！」

まだお酒くさい耕治さんが、上機嫌で大友さんをハグした。彼は困ったような顔で、やんわりと耕治さんを引きはがす。

「いえいえ、朝早く申し訳ありません。すぐにホテルの方に移って頂いた方が宜《よろ》しいだろうと……オーナー？」

けれど大友さんが親切そうに言う横を通り過ぎ、何かに気を取られたように、耕治さんはそのままフラフラと、外に出てしまった。

「耕治さん⁉」

慌てて追いかけると、彼は別荘の周囲に立つ、雪をたっぷりと纏《まと》った松を呆然《ぼうぜん》と見上げていた。朝日を浴びて、真っ白に染まった這松《はいまつ》が、重そうに枝を風に揺らしている。

「這松だ」

呟くように言って、彼が這松を指さす。

「え？」

「ここには、沢山這松が生えている……十年前、這松の下で父さんが出会ったのは……

女性だったんだな」

耕治さんがポツンと呟いた、大友さんがくしゃっと顔を歪《ゆが》める。

「お気づきに、なられてしまったんですか」

耕治さんが頷《うなず》いた。大友さんはその肩に、慌てて僕の持ってきたフリースをかけてやる。

「……時折、お二人でこちらの別荘にいらっしゃっていました」

「会ったことないんだ。彼女は……どんな人なんだ？」

「朗らかでよく笑われる、とても優しそうな方です。登山がご趣味で、よくお二人でスケッチに行かれたり、星を見ていらっしゃいましたよ」

黙っていたことを気まずそうに、けれど優しい声で、大友さんが言う。耕治さんも微笑んだ。

「そうか……楽しそうなら良かった。父さんが死んでから、その人は旭岳に――」

「待て！　二人でと言ったか？」

急に、櫻子さんが口を挟んだ。玄関で八千代さんが舌打ちをしたのが聞こえる。だけど、櫻子さんはそんな事など気にならないようで、大友さんに詰め寄った。

「それは、二人で移動していたということか？　一台の車だったのか？」

「ああ……はい。あまり人目につきたくないとか、それにもしも家族の方がいらしたら……という事で、いつも一台のお車でお見えでした」

「……車は?」

「え?」

「耕四郎氏が死んだ朝、車は何台あった?」

はっとしたように、薔子さんと八千代さん、大友さんが顔を見合わせる。

「そういえば、あの日は耕四郎兄さんの車が残っていただけだわ」

八千代さんが、ざわっと寒気をこらえるように、自分の体を抱いた。

「でも登山がご趣味なら、歩いて下りたって事もあるでしょうし。もしくはヒッチハイクとか。その日はたまたま、車二台で来ていたかもしれないわ。あの時はまだ雪がなかったから、車のタイヤの跡も残らないでしょう」

やんわりと薔子さんが言った。だけどみんな、表情がこわばったままだった。耕四郎さんは朝早くに発見されたのだ。死後数時間しか経っていなかったという。朝早く、もしくは夜明け前に、一人で歩いて下山するのは、いくら何でも考えられない。

「でもまあ……確かに薔子さんの言うとおり、その日はたまたま車だったのかも……」

「…………」

「櫻子さん?」

だけど櫻子さんは、僕らの考えなんて聞きもせずに、別荘へと戻ってしまった。仕方なく、僕らはその後を追う。

「この家は、耕四郎氏が自分で設計したのか? 間取り図は?」

「は？　いや……間取り図までは……ああおい！　櫻子！　待てよ！」

櫻子さんは苛立《いらだ》ったように、片っ端から別荘のドアを開け放った。一室一室のぞき込み、そして最後に耕四郎さんの遺体が見つかった寝室のドアを開け放つ。

「ふむ」

櫻子さんが小さくうなった。

「どうしたんですか？」

彼女は追いかけてきた僕の肩を急に摑《つか》み、無理矢理部屋の中へと押し込んだ。

「わ、な、何するんですか！」

「少年。この部屋に対する、率直な感想を言え」

「へ？」

「いいから、言いなさい、早く！」

眉間《みけん》に深い皺《しわ》を刻み、厳しい口調で櫻子さんが言う。

「え……ええと……本が沢山あって……」

「もっと感覚的な部分だ」

感覚的な部分、と言われて戸惑った。なんとなく口にするのが悔しかったからだ。だけど、言えと言われている以上、答えないと彼女は納得しないだろう。

「……怖いです」

「何故だ？」

「人が亡くなった場所だからです。でもそれだけじゃなく、なんだかこの部屋には圧迫感があるっていうか……迫ってくるようで……」

「そうか、ありがとう。良い答えだ」

不意に櫻子さんが、ニコッと笑った。

「え？」

「残念ながら、男と女では、空間認識能力に差が生まれやすいという。一般的には男の方が空間認識能力に優れているそうだ。女が車の車庫入れや、縦列駐車に手こずるのはそのためだ。私自身も、その点は残念ながら劣っているという自覚がある。多分君の方が上だろう」

「は、はあ……」

どうしてここで、突然縦列駐車の話題が出てくるのかわからなかった。

「おそらく、君は本能的に、この部屋が少し狭いことに気がついているんだ――耕治。耕四郎氏は、確か留学経験があったな。アメリカだったたか？」

「ああ……それがどうかしたか？」

いつの間にか、僕らの後ろに立っていた耕治さんに、櫻子さんが問うた。

「私がホームステイした家には、パニックルームがあった」

「パニックルーム？」

聞き慣れない言葉だ。

「俺の家にもあるよ。セーフルームが。パニックルームとも言われているけれど、有事の時に逃げ込む部屋だ。父の寝室は、ドアが特別なんだ。何かの時、逃げ込めば絶対に人が入れない作りになっている」

アメリカに行った時に、防犯の知識として得たらしいと、耕治さんが付け加えた。

「でも……ここの寝室のドアは普通だな」

彼は寝室のドアを確認し、ひょいと肩をすくめる。

「ああドアはな――ところで、耕四郎氏は信仰に篤いのか？」

「いや。むしろ無宗教だ」

「そうか」

僕も耕治さんも、櫻子さんが何を言いたいのかよくわからなかった。けれど、彼女が何かを探している事だけはわかって、僕はなんだか、妙に胸騒ぎがした。

そんな僕らを背に、櫻子さんはまっすぐ本棚へと向かう。壁一面の本をぐるりと見回して――やがて一冊の本。古めかしい聖書を抜き取った。

「これは確かに……少なくとも、悪人は絶対に触りそうにない本だな」

彼女がまたクスっと笑った。

「あ……」

耕治さんが驚きに声を上げる。

僕らは聖書の抜き取られた本棚を見た。本棚の壁の奥、聖書のあった場所に、隠されるようにして鍵穴《かぎあな》が見えた。

「隠し扉……？」

耕治さんが、慌てて駆け寄ってくる。そして、彼はベルトにつけていたキーホルダーを探った。

「確かに……一つだけ、どこで使うかわからない鍵があるんだ。ここのだったのか……？」

お父さんの遺《のこ》したキーホルダーの中に、この隠し扉の鍵もあったらしい。

本棚をスライドさせると、扉も見つかった。壁紙と同じ模様で隠されていて、鍵穴が無ければ存在自体に、なかなか気がつかないだろう。

思った通り、謎の一本の鍵は、かちりと鍵穴に吸い込まれた。鍵を回し、扉を開けると、中からヒヤっとした風が吹き込んできた。

「この音……」

ひゅおおお……と、また悲しげな声が聞こえて、僕は体をこわばらせる。

「通気口の音だろう。階段がある」

櫻子さんが言った。おびえているとバレて、切ない気持ちだ。だけどその風の音は、本当に女性の泣き声のように聞こえるのだ。

扉を開けると、すぐに下りの階段がある。湿った冷たい空気が、下から湧き上がってくるのがわかった。僕は震えながらポケットの中のペンライトを取り出した。櫻子さんはそれを奪い取り、颯爽《さっそう》と先陣を切って降り始めた。足下が暗いので、結局僕はまたスマホを灯りにすることにした。充電はもう25%しかないけれど、仕方がない。

「どうしてこんな、隠し部屋が……？」

耕治さんが呻《うめ》くように言った。彼もどこからか手に入れた、小さな懐中電灯を手にしている。あたりが、LEDの青白い光に照らされている。

「愛人との逢瀬《おうせ》のために建てた別荘だ。突然の家族の訪問に対する備えぐらい作るだろう」

「それがどうして寝室にあるってわかったんです？」

僕も疑問だった。だけど櫻子さんはフン、と鼻を鳴らした、愚問だというように。

「簡単なことだ。愛人と一緒にいて、言い逃れられない場所は寝室と決まっている」

「ああ……」

耕治さんがうなずき、そしてそのまま口をつぐんだ。言われてみると、確かに愚問だったのかもしれない。

「寒……っ」

「あまり、気温のことは考えないで作ったようだな」

下まで降りると、地下室はとても寒かった。櫻子さんがペンライトをかざすと、中はベッドや机のある、個室になっているのがわかった。エアコンや、冷蔵庫もある。本当にいざとなれば、ここで一定期間過ごせるようになっているみたいだった。

空気はとにかく冷え切っていた。少し湿っている空気が、なおのこと僕の体から熱を奪う。白い息が、灯りに照らされる。僕は震える手で、スマホで周囲を照らしてみた。

「バスタブ？　こんな所に？」

ふと気がつくと、部屋のほぼ中央に、海外映画で見るようなバスタブが置かれている。所謂《いわゆる》、猫足バスタブというヤツだ。

変なの。そう思って、僕は何気なく、スマホで中を照らし――。

「……え？」

そこで、息が止まった。

中に、凍った水の中に、マネキンが、大きな人形が横たわっているように見えた。いや、正確には人が横たわっているように見えた。青白い。生気の無い、けれど生きているような人が。だけどそんなはずはない。

だってそれは、美しいとさえいえる姿だったのだ。ゆらゆらと水の中に揺れる黒髪、透き通る肌、死体のはずがない。死体だとしたら、いつここに忍び込んだっていうんだ？　だってそのぐらい、生きている時と変わらない、腐敗していない、『死』の進んでいない遺体だ。

この部屋の鍵は、ずっと耕治さんが持っていた。それにずっと停電で、部屋の中は真っ暗だったたし、誰かが出入りすればわかるだろう。だからきっと人形だ。僕はそう思い直し――だけどやっぱり、見れば見るほど、それは人のようだった。

僕は恐る恐るスマホを近づける。気がつけば、人形は片手だけ、バスタブから出ていた。青白い光が、彼女の手の甲を照らして淡くきらめいた。それが柔らかな産毛だと気がついて――とうとう僕の中の恐怖が爆発した。

「さ、櫻子さん！」

僕は床に尻餅《しりもち》をついた。振動で、バスタブが揺れる。そんな僕の目の前に、ブラリと投げ出された青白い手がある。その手の中には、光る指輪が二つ――。

「……これは、これは」

嬉々《きき》とした声を上げて、櫻子さんがバスタブに手を入れた。凍りかけた水がパリパリと割れ、なかから『人形』が姿を現す。

「な！　何やってるんですか！」

そう嬉《うれ》しそうに頷《うなず》いて、櫻子さんが『人形』をたたいた。コンコンと、軽い音がする。

「ふうむ、なるほど確かにね」

「何が!?」

「今のが死蠟《しろう》の音だ」

「へ？」

「完全に、綺麗《きれい》に死蠟化すると、人間はこんな風に、壁をたたいたような音になるんだ」

「しろう……」

ざば……とまた、『人形』が水の中に戻された。その手の中から指輪がこぼれ落ちる音を聞きながら、僕は入り口の方に後ずさって、呆然《ぼうぜん》と立ち尽くす耕治さんにぶつかった。

「死蠟化の条件を正確に割り出すのは難しいが、低温、かつ適度な湿度が必要になる。とにかく、雑菌が繁殖できない環境というわけだ。幸いここは、夏でも寒いのだろう。それに短時間では難しい。死亡時期を特定はできないが、ただ死蠟化して二〜三ヶ月は音が高い。だが内臓まで死蠟化が進むと、音は重くなるんだ。この音はおそらく、四〜五ヶ月は経っていると思われる」

「……やっぱり、死体……ッでも、なんでこんな、部屋の真ん中で⁉」

「そうだな。遺体に大きな外傷はない。だが……ここに睡眠薬のシートが落ちている。おそらく眠っている間に溺死《できし》か、凍死したんだろう。非常に美しい死体だ。だが、確かに少年の言うように、ここにバスタブがあるのはいささか不自然だな」

櫻子さんが足下をペンライトで照らした。確かに睡眠薬のシートがきらりと光る。だけどその時、耕治さんが別のことに気がついたようにすい、と歩き出した。

「耕治さん……」

「絵だ」

「絵？」

耕治さんが、櫻子さんの後ろを照らした。青い光に、確かに何かキャンバスのようなものが浮かび上がった。

　その絵の中、水を張った白いバスタブに、白いドレスを着た女性が横たわっていた。彼女の周りには、沢山の花が浮かべられている。

　それは、まさに、『彼女』だった。

　今バスタブの中にある死蠟化した女性に、うり二つの——。

「オフィーリア……」

　耕治さんが呟《つぶや》いた。

「ラファエル前派を代表する絵画に、ジョン・エヴァレット・ミレーのオフィーリアがある。シェイクスピアの『ハムレット』の一シーンを描いた絵だ。悲しみのあまりに心を壊し、溺死するオフィーリアが描かれている。多分、この絵はそのオマージュだ……親父の絵だよ」

　花と草木に覆われた川に横たわり、ひっそりと生を終えようとするオフィーリア。濃厚な緑、いくつもの花たちに寄り添われた彼女だけが青白く、生者から『モノ』に変わろうとしている。無垢《むく》なほどに哀れで美しいその絵画は、僕も美術の教科書で見たことがあった。

　耕四郎さんの描いた絵の中の彼女もまた、悲しげな表情で、うつろに空を見ている。寂しくて、悲しい絵だった。そして美しい、どこまでも美しい絵だった。よく見ると、端の方にとがった物で、絵に何か刻まれている。

声に出しては読めなかった。

無機質な文字に、たとえようのない悲しみが込められていた。

――ごめんなさい

「ここからは、私の想像になるがね」

櫻子さんが、女性の手からこぼれ落ちた指輪を拾い上げながら言った。

「この女性も耕四郎氏の死を、自殺と混同したのではないだろうか？　きっと、この状況に苦しみ、困ったはずだ。逃げようと思ったのかは定かではないが、指を切り落として指輪を手に入れているからには、なんらかの考えがあったんだろう」

ちゃらり、金属の音がこぼれる。二つの指輪がぶつかり合う音。

「だがそこに、耕四郎氏の妻が別荘にやってきた。彼女は慌てて指を暖炉に投げ入れ、カモフラージュにクマの手を放り込み、寝室の隠し部屋に身を潜ませた。最初から死ぬつもりだったのか、そこまではわからない。だが、なんらかの隠蔽《いんぺい》を考えていたとすれば、この時点では逃げる意思があったのかもしれないな」

「だから、急いでここに隠れたって、そういう事ですか？」

「ああそして……きっと彼女は、妻が嘆く声を、ここでずっと聞いていたのだろうね」

「…………」

耕治さんは、黙ってその絵を撫《な》でた。ごめんなさいと、刻まれた文字を。近くには赤い染みのついたパレットナイフが落ちていた。

「耕治さん……」

「パレットナイフは、使い込むとこんな風に鋭く尖《とが》るんだ」

刃のような切っ先をじっと見つめる、彼の視線がなんだか怖かった。僕は彼に歩み寄り、そっとナイフを手放させた。

「だから……自分も、命を絶ったっていうのか……」

耕治さんが、弱々しい声で言う。

「死体とはいえ、指を切り落とすのは、それなりの覚悟が必要だ。死因が心不全なら、おそらく浮腫《ふしゅ》などが原因で、指輪を抜き取ることが出来なかったのだろう。愛故に切り取ったならば、指を焼き捨てずに取っておくはずだ——以上の事から考えるに、彼女には時間がなかったんじゃないかな？　そして、それでも指輪が欲しかったのだ」

櫻子さんは、地下の冷気に寒さを覚えたように、指先にはあ、と息を吹いた。ライトに、白い影が揺れる。

「妻の車の音が聞こえたか、事前に来るという電話があったとか……具体的な状況までは、現場が変わっている今、私ですら推測するのは難しい。だから、単純に私の想像の域は出ない。だが、彼女が極度の緊張状態であったという事は、疑うまでも無いと思う」

「冷静な判断もできなかったって、事ですか……」

「何が一番、彼女の背を押したのかわからない。愛する者が自ら命を絶ったかもしれないという、罪悪感か、悲壮感か。寝室を別にしていたという事は、関係にヒビが入っていたのでは無いだろうかね？　例えば、彼女から、別れ話を切り出していたとか。妻も病死とは思わなかったようだ。彼女も同じように考えたとしても無理は無い」

……だから、自らも、死を。

「他にも理由はあるだろう。逃げられないと思ったか、本妻の嘆く声を聞いたための、懺悔《ざんげ》や悔恨か……もしくは、後を追わずにおれなかったのか。だから彼女はここで命を絶った。人知れず――今の今まで」

変わらぬ姿で、帰らない人を待ち続けるように――。

「大英博物館であの絵を初めて見た時、父が教えてくれたんだ。オフィーリアのモデルになったエリザベス・シダルも、こんな風に絵を描かれる間数ヶ月間バスタブに浸かって、肺炎になったと。……彼女もまた、恵まれない生涯だった。夫のロセッティには別の女がいたんだ」

耕治さんが絞り出すように言う。彼は、バスタブに歩み寄り――けれど、その中のご遺体に目を合わせることができなかった。そのまま床に膝《ひざ》をつき、こぼれた二つの指輪を胸に抱きしめた。

「エリザベスは可哀想な人だった……俺は……俺のせいで、可哀想なことをしてしまった！　まだ若いじゃないか……もっと別の人生だって、この人にはあったはずなのに！」

「お前のせいではない。もう一つ、考えられるのは、彼女はすべての露見を恐れたのかもしれない事だ。愛する者の家庭を守るために、地下に潜ることを選んだ。だとすれば、彼女にも矜持《きょうじ》があったのだろう——哀れと、貶《おとし》めるのはやめたまえ」

櫻子さんはそう言って耕治さんを立ち上がらせると、その手から指輪を取り上げた。

「だが、まったくくだらないな。こんな感傷、自己憐憫《れんびん》、自己満足の塊じゃないか。死をもって完成するのは標本だけだ。自ら死など選んでも、他に何一つ、得られるものなどないというのに」

そう吐き捨てるように言って、櫻子さんが指輪をバスタブに二つ落とす。

とぷん、と鈍い音を立てた後、指輪はバスタブのホーローにぶつかって、悲しく冷たい溜息《ためいき》を二つ、洩《も》らした。

■終

「もう……またこんな事になっちゃったわね」

僕らの通報でやってきた警察を見ながら、薔子さんが少し苛立《いらだ》ったような声を上げた。

「正ちゃんのお母さんに、なんて言ったら良いか……」

「内緒にしておけば大丈夫ですよ」

僕は苦笑いで言った。事件性はなさそうなので、多分ニュースにもならないだろうということだ。僕が黙っている限り、この事は誰にも知られることは無いだろう。

「本当に、サァちゃんは、どうしていつもこんな事をしてしまうのかしらね」

「私のせいではない」

薔子さんに言われて、櫻子さんは肩をすくめた。

「じゃあ、誰のせいだって言うんですか」

僕も続けて問うと――彼女はまっすぐに僕を指さした。

「え？」

「君だ、少年。君はとても運が良い」

にっこりと、櫻子さんが微笑んだ。その隣で薔子さんも頭痛を覚えるように額を抱える。

「そうなのよねえ……」

「そうって、いったいどういう事ですか⁉」

「私も薄々思っていたのよ。死体を呼んでいるのは、もしかしたら正ちゃんの方なんじゃないかって。だって幾らサァちゃんだって、今までは人間の死体を見つけた事なんてなかったのよ？」

「え……」

薔子さんが、苦虫を嚙《か》み潰《つぶ》したような顔で言った。僕は愕然《がくぜん》として櫻子さんを見ると、彼女も頷《うなず》いている。

「ぼ、僕だって、今まで死体なんて、見つけたことありませんよ！」

慌てて言い返した僕の頭を、櫻子さんがぽんぽんと叩《たた》いた。

「だったら、私たちは相性が良いのだろうよ。二人揃えば、死体が見つかる。すばらしいことじゃないか。君には、とても感謝しているよ」

櫻子さんがクマの手の骨を手に、満面の笑みで言った。

「そんな……」

そんな相性の良さ、ちっとも嬉《うれ》しくなんかない。がっくりと膝をついた旭岳は、そんな僕を叱るように冷たかった。

エピローグ

旭岳旅行は散々だった。一泊だっていうのに、色々な事があったような気がする。薔子さんと耕治さん、八千代さんはまだしばらくここに残らなければならないそうなので、結局僕と櫻子さんだけ、大友さんに旭川駅まで送って貰《もら》えることになった。

怖い思いもしたけれど、冬の山はやっぱり美しい。触れてはいけないような、孤高の美しさを感じる。畏《おそ》れを孕《はら》むが故の美しさ。

それは、どこか櫻子さんに似ているような気がする。

「櫻子！」

大友さんの車に乗り込もうとしていた僕たちに、耕治さんが駆け寄ってきた。

「もう帰るんだな」

「ああ、世話になった」

「……いいや。俺の方が、世話になったよ。悔しいけど感謝してる。お前は直江のいい嫁さんになるよ。アイツを羨《うらや》ましいなんて、１００％思わないけどな」

耕治さんが、寒さに鼻をすすりながら言った。でもそれは、どこか照れ隠しのようにも見えた。

「なんだ？」

そして、彼はまだ何か言いたそうに、僕らを見た。

「いや……本当はもう一つ、お前に聞きたいことがあったんだ」

そう言って、彼は僕を手招きした。

「正太郎」

「はい？」

呼ばれるまま、僕は耕治さんの前に立った。彼は僕を櫻子さんの方に向かせると、そのまま僕の両肩を後ろから摑《つか》んだ。

「この子は、惣太《ソータ》の代わりなのか？」

「え？」

一瞬にして、空気が凍った。

旭岳の冷気よりも冷たい何かが、僕らの間を、いや、僕の心の中にまで、ざあっと吹き付けた。

「……何を言っているんだ」

「誤魔化さないで、はっきりここで教えてやれよ。きっと正太郎は自分じゃ聞けないことだ。俺もさ、モヤモヤしたままなのは気持ち悪いんだ」

耕治さんが、多分あえての軽い口調で言った。なんでもない事のように。だけど、どんなに口調を明るくしても、それはなんでもない事にはならなかった。少なくとも、僕は聞きたくなかった。

「身代わりなどと……馬鹿げたことを」

櫻子さんが、僕らから視線をそらすように俯《うつむ》いて答えた。彼女らしくない、弱々しい声だと思った。

「そうか？　でも俺たちは、みんなそのつもりで、コイツとつきあってるんだぜ」

櫻子さんが、俯いたまま身じろいだ。僕は本当に、そんな事聞きたくなくて、耕治さんの腕から逃れようとした。だけど、彼は手を離してくれなかった。

「正確に言えば、お前とお沢さんがそのつもりなんだろうと思ってるから、それに合わせてやってるんだ。九条家が惣太を失ってどうなったのか、俺たちは知っている……お前が何を失ってしまったのかも」

「そんな……やめて下さいよ、耕治さん」

「勿論《もちろん》、今はそれ抜きで、正太郎はつきあってて良い奴だと俺は思ってるよ。薔子姉さんもそうだろう。だけど、それでもやっぱりどっか不自然だし、それは正太郎が可哀想だ。だからそろそろ、お前もはっきりしてやった方がいい」

「……もう、やめて下さい」

僕は身じろいだ。

「正太郎、逃げるな」

そんな僕が逃げられないように、耕治さんが僕を羽交い締めにした。

「嫌だ！　そんな事、そんなの聞きたくない！」

「少年……」

櫻子さんが、驚いたように小さく息を洩らした。多分、僕が泣いていたからだ。そうだ、僕は泣いていた。子供みたいに情けなく。だけど我慢できなかった、目から、悔し涙がボロボロとこぼれ落ちて、冷気で冷えた頬を熱く、冷たく滑り落ちる。

「離して下さい！　離してよ！」

でも、どんなに僕が暴れても、耕治さんは僕を離さなかった。逆に力を込めて、僕を抱き寄せた。僕は不意に父さんを思い出した。父さんに抱きしめられた記憶なんて、僕には残ってないはずなのに。

そんな僕の頬に、白い指先が伸びた。

櫻子さんの、長い、大きな手が。

「……そうか、君はそんな風に思っていたのか」

櫻子さんは、僕の頬を手でぬぐうと、静かに微笑んだ——寂しそうに。

「俺さ、数字なら、ばりっと割り切れる偶数が好きなんだよ。櫻子、お前もそうだろ？物事は明快な方がいいさ」

「……そうだな」

櫻子さんは、こくんと頷いて、また僕の涙を手で拭《ふ》いた。だけど涙は、血のように次から次に、僕の目から溢《あふ》れる。

「耕治の質問の答えは、YESであり、NOでもある。簡単には答え難い——少なくとも、少年に会って、惣太郎《そうたろう》のことを思い出したのは事実だ。私たちの所に、あの子が帰ってきてくれたような、そんな気持ちになった事は否定しない」

櫻子さんが、寂しそうに言った。初めて九条家にお邪魔したときの事を思い出す。僕が正太郎と名乗ったとき、彼女が小さな驚きを見せたことも。

「特にばあやは、とても喜んでいる。ばあやにとって、惣太郎は特別な子だった……あの子は私では与えられない喜びを、ばあやにもたらしていた。そして君もだ。私はあれに心配をかけるばかりで、君のように喜ばせることはできない」

「そんな事、ないですよ……」

そうだ、そんな事ない。ばあやさんは櫻子さんを、とっても大事に愛している。心配ばっかりでなんて、そんな事ない。だけど反論しようとする僕の言葉を、彼女は掌《てのひら》を広げて制した。

「愛されていないとは、思っていないよ。あれは私にとって、血よりも濃い水だ。だが、私はあれの望む娘ではない。私にばあやの望む物を与えることはできない。だから君に、惣太郎であって欲しいと思っているのは事実だ……おそらく、ばあやと私の間に残された時間は、そう長くは無いと思う。恩返しではないがね、少しでも、あれに満ち足りた時間を過ごして貰いたいと思っている」

なんとなく、櫻子さんの言いたいことはわかった。確かに櫻子さんは、普通の人とは大きく違った部分を持っている。彼女が示す愛情と、普通の人が望むそれは違う。

「ばあやがあの子の二十歳を祝おうとした時、きちんと反対すべきだったと思う。君と惣太郎は違うのだと。だが、私はそれを、ばあやに言うことができなかった。ばあやも本当はわかっているはずだ。だが、ずっと梅には不憫《ふびん》な思いをさせてきたと思う。許せ、少年。私は君を利用しているのだ」

「…………」

責める言葉は、見つからなかった。櫻子さんの優しさが、理解できたからだ。櫻子さんにとって、ばあやさんがどれだけ大切な人なのかわかる。僕だって、きっとお祖父《じい》ちゃん達の為なら、どんな事だってするだろう。

だけど、頭の中で理解しているつもりでも、やっぱり心はついてこなかった。純粋に、悲しかった。寂しかった。僕自身が、素通りされている事実が。

「――だが、私は違う。私にとって、君と惣太郎は全く別だ」

「……櫻子、さん？」

「あの子は死んだ。骨になった。私はあの子の骨を拾ったんだ。そのことを、一生忘れることは無い。それまでも、私は骨というものを美しいと思っていた。だが、これほどとは思っていなかった」

櫻子さんが、はあ、と吐息を洩《も》らす。自分の心を宥《なだ》めるように。

「確かに……あの子の遺体を前に、私は動揺したよ。骨になったあの子を見た時に感じたのは衝撃だった。まさに、体の中に電流が駆け抜けたようだった。自分でもその感情がなんなのか、最初は理解出来なかった。だが……あの子のうつろな眼窩《がんか》を覗《のぞ》いて、私はやっと理解した――それは、感動だった」

うわずった声で、彼女はそう僕に告げた。記憶を呼び覚ますように空を仰いで。

「惣太郎の骨は美しかった。無垢《むく》で、脆《もろ》く、それでいて生命力に満ちあふれていた。美しかったんだ。あの子の美しい骨を目にした時の、震えるほどの歓びを、私は一生忘れないだろう。美は、恐怖や怒り、悲しみをも凌駕《りょうが》するんだよ。私はおそらくこの先も、惣太郎の頭蓋骨《ずがいこつ》ほど美しい骨を見ることはないだろうと思う。だからこそ、私はわかっているんだ。惣太郎が生き返ることはない。あの子はもう、骨だ」

「弟の骨に、感動……？」

僕を抱きしめる、耕治さんの腕が一瞬震えた。彼も動揺しているのがわかった。実の、それもおそらくは最愛の弟の骨を、櫻子さんは本気で美しいと思っている。

目の前に立つ美しい人は、人の姿をした別の生き物だ。

ずっとずっと、その事に僕は気がついていた。彼女と僕の違いに、何度も嫌悪感や、恐怖や、怒りを感じてきた。ずっと、そういう僕と彼女の違いに苛立《いらだ》って、嫌だと思ってきたけれど、彼女は普通と違うと僕に教えてくれた磯崎先生にすら、怒りを感じていたけれど、僕も認めるしかないと思った。

この人は、圧倒的に僕と違うんだ。一生理解できない、別の存在なんだ。

——すっと、急に胸が楽になった。

きっとこの先も、彼女の思考回路は僕とは別で、理解しがたい怪人《ファントム》だろう。でもその違いを認めると、僕の中のモヤモヤしたものが晴れていった。理解はできなくても——認めることはできる。

「とはいえ私も君の中に、惣太郎を見ないと言ったら嘘になるだろうね。だから君が喜ぶのは好ましい。逆に苦しむのは嫌だ。だがね、君は君だ。惣太郎の面影を君に求めているわけではない。それに……残念ながら私は、惣太郎がいなくとも生きていける」

櫻子さんが、どこか寂しそうに言った。自分の胸元を押さえて。弟の不在が、自分にとっての苦痛ではないことを、悲しむように。

「私のせいで、君が傷つくのは嫌だった。だから、君との別離を選んだ——私の思うようにはいかなかったし、そのせいで君が傷ついてしまったことも、私は悔いている。だが——だがね、私はもう二度と、手を離したくはない。過ちは繰り返さない。正太郎、絶対に私は、君を守ろうと思う。君を狙う邪悪なものから、絶対に君を」

『花房から』

櫻子さんが、声に出さずに言った。だけど、僕にはしっかりと聞こえた。誓いの言葉のように。

「だからさあ……もっと、わかりやすい言葉で、言ってやれよ」

しばらく黙って僕らのやりとりを見ていた耕治さんが、フンと不満そうに溜息《ためいき》をついた。櫻子さんは眉間《みけん》に少し皺《しわ》を寄せ、困ったように腕を組んで思案した。

ややあって、

「……私は、君といると、とても楽しい」

櫻子さんが、僕をまっすぐ見て、そう言った。照れくさそうに、少し微笑んで。

「――――っ」

僕は、返事ができなかった。

俯《うつむ》いて、そしてまた、両目に涙がこみ上げてきた。熱い、あつい、でもそれは、うれし涙だ。

「あーあ、また泣かしちゃった」

僕を抱きしめる腕を解《ほど》いて、耕治さんが笑った。

「お、お前がおかしな事を聞くからだ！」

櫻子さんは耕治さんに言い返し、また泣き出した僕におろおろする。

「少年、もう泣くな……ああそうだ、じゃあ、このクマの手は、綺麗《きれい》に組み立てて君に贈ろう。いや、君は犬が大好きだな。小型犬だが、綺麗に揃った標本があるんだ。あれを君のために組み立てようか。いや、ヘクターだ。もしあの子が死んだら、骨は君に譲ろう」

好きな動物、それも愛する相棒《ヘクター》の骨を贈ろうと、本気で考える彼女は、相変わらずの変人で、僕はもう言い返すまでもないと苦笑いした。だって彼女にとっては、それが最良のことなのだ。愛犬の骨ほど、大切な物はないだろう。それを譲ると言ってくれるのだから、僕は誇るべきだ。

「櫻子……お前、それ本気で言ってるのか？」

だけどそんな事は理解できない耕治さんは、ますます驚いた顔で櫻子さんを見た。

「何かおかしいか？」

怪訝《けげん》そうに問われ、同じように不思議そうに首を傾げる櫻子さんに、耕治さんは頭痛を覚えたらしい。彼は少し額を押さえ、そして気を取り直したように突然、僕の肩をばしん、と強めに叩《たた》いた。『良かったな』とか、『わかったか？』とか、多分そういう意味だと思う。僕は笑顔で頷《うなず》き返した。

「ああそうだ、もう一つ良い物がある」

櫻子さんがはっとして、自分のお尻《しり》のポケットに手を突っ込んだ。僕も耕治さんも、そこから出てくる物に心の底から怯《おび》えた。櫻子さんのポケットだ。人骨の一本二本、出て来てもおかしくない。

「ロールケーキだ」

だけど、彼女がぴっかぴかのドヤ顔でポケットから出したのは、例の宇宙食のロールケーキで、僕らは一瞬ポカンとした。ガサガサと黒いパッケージから、彼女がフリーズドライの黒い渦巻きを取り出す。

「チョコレート味らしい。特別なので、最後まで残しておいたんだ」

これを特別に、君にあげよう——櫻子さんが僕にロールケーキを差し出す。これで本当に僕の機嫌が直ると、彼女は本気で考えているんだろうか？

だけど、悔しいことに、僕の喉《のど》の奥から笑いがこみ上げてきた。我慢できなくなったように、耕治さんもげらげらと笑い出す。涙でパリパリになった頬がヒリヒリした。それでも笑いは止められなかった。そんな僕らに、今度は櫻子さんがポカンとした。

「どうして笑うんだ！」

憮然《ぶぜん》とした顔で、櫻子さんが声を上げる。

僕はロールケーキを丁重にお返しして空を見た。嵐の後の、旭岳の空は青かった。

街に戻れば、きっとここよりも、確実に近づいた春の足音に気がつくだろう。毎年、雪の下から芽吹くふきのとうを穫《と》るのが好きだ。苦くて嫌いだったふきのとう味噌《みそ》も、今では美味《おい》しく食べられる。

もうすぐ春が来る——蝶《ちょう》の舞う季節が。

風にあおられた雪の塊が、一瞬白い蝶に見えた。

いつもなら、楽しみなはずの暖かい季節が、急に怖くなった。時間が流れることが、『今』の先が。

本当の嵐が来るのはこれからなのだろうか？

僕は不意に、僕から離れていってしまったウルフの事を思い出した。触れられなかった、僕の愛犬の事を。

「どうした？　少年」

「……いいえ」

胸に芽生えた、漠然とした不安を、僕は櫻子さんに伝えなかった。今はそんなことより、彼女と話がしたい。声が聞きたい。

そばにいたい。

「何でもないですよ」

僕は微笑んで、彼女の隣に腰を下ろした。

Special Short Story

ハートの贈り物

今年は雪が多い。

排雪が追いつかず、道幅の狭くなった古木の道を行き、僕は櫻子さんのお屋敷を訪ねた。ドアベルを鳴らす前に、耳のいいヘクターが、ドア越しにウォン！　と僕を呼ぶ声が聞こえる。

「はいはい……いらっしゃいませ」

玄関から飛び出して、僕を熱烈歓迎しようとして待ち構えている、可愛いヘクターを手で制しながら、ばあやさんがくしゃっと笑って僕を出迎えてくれた。

「膝《ひざ》、大丈夫ですか？」

廊下を渡りながら、僕はしずしずと音も無く歩くばあやさんに聞いた。ここのところ膝と腰の調子が悪いんだそうだ。

「ええ。最近は……なんでしたっけ、ヒートなんだかっていう、暖かい股引《ももひき》がありますから。今年は随分楽ですよ」

「確かに、最近の下着はすごいですよね」

そんな風に世間話をしながらリビングに向かうと、骸骨《がいこつ》椅子に寄りかかって、櫻子さんが本を読んでいた。僕らの間をするりと抜けて、ヘクターが櫻子さんの膝に鼻を乗せる、彼は『正太郎さんが来ましたよ』と、報告する忠犬っぷりを示した後、いそいそとソファに腰を下ろす僕の足下に来た。

「傷はどうだ？」

「傷口に触ったり、勢いよく動かしたりしなければ、そんなに痛くないです。利き手なんで苦労はしてますけど」

左手でヘクターを撫《な》でてやりながら、挨拶《あいさつ》もそこそこに櫻子さんに答えた。十日程前のバレンタイン、僕はカミソリで右手親指を切って、二針縫ったのだ。先週までは、赤く熱を持って盛り上がった傷口が痛かったけれど、抜糸も済んで、今はまるで嵐が去ったように痛みが鎮まった。人間の回復力っていうのは凄《すご》い。

「ただ週末、薔子さんに旭岳の別荘に誘われたんですよ。それまでに良くなってるかなって」

「抜糸も済んでいるなら大丈夫じゃないかな。まだ若い君なら、回復も早いはずだ。そうだな。よく食べ、よく眠り、健やかに暮らしたまえ」

「でも……さすがにこれだと、雪かきも出来なくて」

日常生活のあれこれで、傷はさほど痛まなくはなってきたけれど、だからといって負荷をかけて何かすると、ズキンとてつもなく鋭い痛みを感じる。だから最近僕は、九条家の雪かきを手伝えないでいた。

「気にするな。ばあやと私は今まで二人でやってきたんだ。どうとでもなる」

櫻子さんは、不安に曇った僕の表情を見て、優しく微笑んでくれた。確かに今まではどうにかしてきたのだろう。例えば業者に除雪を頼む手もある。だけど出来る事なら、手の空いている僕が少しでも力になってあげたいじゃないか。

それに、ヘクターの散歩も。

「ごめんな、ヘクター」

僕は『そろそろお散歩に行きませんか？』と、いつの間にかリードを銜《くわ》え、期待に満ちた眼差《まなざ》しで僕を見上げるヘクターに詫《わ》びた。意外に力強いヘクターとの冬場の散歩は、少し心許《こころもと》ない。特に今日は道路がツルツルなので、万が一転んで地面に手をついたりしたら……と、考えただけで傷口が痛む。

「それで、今日はどうしたんだ？」

「ばあやがお呼びしたんですよ」

櫻子さんがヘクターからリードを取り上げながら言った。僕が答えるより先に、紅茶を用意してくれたばあやさんが答える。いつものお店のアッサム・モディーは、花のような甘い香りだ。

櫻子さんの家に来たって、そんなほっとした気持ちになる九条家の紅茶の匂い。

ばあやさんは、僕と櫻子さんに紅茶を淹《い》れると、いそいそと自分の縄張りである台所に戻って、籐籠《とうかご》に入れた毛糸の固まりを持って戻って来た。

「坊ちゃまに、編んだんです」

そう言ってばあやさんが、籠から取りだしたのは、紺と赤の毛糸で編まれた手袋と帽子、マフラーだった。

「え？　僕の為に編んでくれたんですか」

「いつもへー太のお散歩や、雪かきをして下さいますからね。それに冬になると無性に編み物がしたくなるんですが、お嬢様はあまり毛糸がお好きではないんです」

「当たり前だ。帯電する」

櫻子さんが鼻の頭に皺《しわ》を寄せた。そんなに静電気が嫌なんだろうか？　毛糸は暖かいのに。

「本当なら、去年のうちに作ってお渡ししたいと思ったんですが……坊ちゃんがまた、こちらにいらっしゃってくれるかどうか、わからなかったので……」

少し寂しそうに、ばあやさんが視線を下げる。

「いえいえ！　ありがとうございます。まだ少なくとも一ヶ月ぐらいは重宝しますよ」

僕は、努めて笑顔でばあやさん手編みの手袋を受け取った。五本指タイプではなくてぼっこの手袋《ミトン》だ。雪かきの時に丁度いい。サイズもピッタリで、履いてみると手がほっこりと暖かくなった。隙間から雪が入らないように、手首の部分が少し長めなのも嬉《うれ》しい。

「良かったな」

お揃いのマフラーと帽子を試しに被《かぶ》って、ほくほくと幸せな気持ちに浸っていると、櫻子さんも目を細めた。

「ええ。でもこれなら、ばあやさんにも何か御礼を持ってくるんだったな……」

「お気になさらずに。坊ちゃんが遊びにいらして下さるだけで、ばあやは嬉しゅうございますよ」

急に申し訳ない気持ちになった僕に、ばあやさんはにこにこ微笑みながら、手作りのバター風味の焼き菓子《ショートブレッド》（パンとクッキーの中間のような食感だった）の皿の横に、生クリームをぽったりと掬《すく》って落とす。

そうは言われても、なんだか気まずくなってしまった。気の利かない自分に、ちょっと腹が立つ。

「だけど……実は僕も今日は、プレゼントがあったんです……櫻子さんに」

「私に？」

櫻子さんが、ティーカップ片手に片眉《まゆ》を上げた。

「はい……。今、友チョコとか、逆チョコとか……流行《はや》ってるって聞いて」

「百合子も似たような事を言っていたものだが」

十日遅れのバレンタインになってしまったのは、渡すタイミングを摑《つか》み損ねてしまった事と、怪我や色々な事があったせいで、完成が少し遅れてしまった為だ。

僕はお詫びするように、ちらりとばあやさんを見た。気になさらず、そういうように、ばあやさんが微笑んで頷《うなず》く。

「残念ながら、櫻子さんの大好きなチョコレートではないんですけど」

僕はそう言って、鞄《かばん》の中から100均で買ったラッピングセットで包んだ、青い包みを取り出した。掌《てのひら》程の四角いパッケージだ。

「……これは？」

櫻子さんが怪訝《けげん》そうに取り上げ、僕を窺《うかが》う。開けて下さいと、手で促した。

「…………」

ガサガサ、不器用に包んだ青い包装紙を、びりびりと櫻子さんは無遠慮に破く。中はこれも100均で買った木の箱だ。櫻子さんは長い指で、慎重に蓋《ふた》を開けた。きぃ、とちょうつがいが小さな音を立てる。

「ほう……」

櫻子さんが、尻上《しりあ》がりに吐息のような声を洩《も》らした。白い指が、箱の中から白い固まりを一つ取り出す。

「仙骨《せんこつ》と尾骨《びこつ》だ」

「……はい」

やっぱり、一目見てわかるのか。僕は拳《こぶし》ほどのサイズの、逆三角形の骨の塊を手にする櫻子さんに頷いた。

仙骨と尾骨。骨盤と背骨を繋ぐ骨、体の丁度真ん中にある骨。Sacrum《セイクラム》と、その下部にくっついたネジのような骨、Coccyx《コクスイクス》。

「いったい、どうしたんだ？」

「さすがに本物は用意できなかったので、磯崎先生に模型を借りて作りました。兄貴がガレキ好きで、石粉粘土なんかでフィギュアとかも作ってたんで、僕にも出来るんじゃないかって思って」

照れくささもあって、僕は肩をすくめて、なんてことのないように答えた。でも本当は、随分何度も作り直したりして、苦労して完成させた物だった。

「これがどんな骨か、学んだことを私に話してみなさい」

……多分、そうくるだろうと思っていた。骸骨《がいこつ》椅子の背もたれに深く腰掛け、骨を手に悠然と僕を見つめる櫻子さんの視線を受け、こほんと咳払《せきばら》いを一つする。

「ええと……五つの仙椎《せんつい》と、三つから五つの尾椎《びつい》が癒合《ゆごう》したもので、寛骨《かんこつ》と共に骨盤を形成する骨です。逆三角形をしていて、上部の角のような上関節突起が、第五腰椎《ようつい》に繋《つな》がっています。中央に左右四対、計八つの穴が開いていますが、これは脊髄《せきずい》神経を通す椎間孔《ついかんこう》が前後に出るための穴です」

ばっちり、家で何度も練習した甲斐《かい》あって、僕は滔々《とうとう》と淀《よど》みなく答えた。正解かどうかは、確認するまでも無い。櫻子さんがにっこりと、それはもうお日様みたいな完璧《かんぺき》な笑顔で、僕に頷いてくれたからだ。

「この骨の性別はわかるか？」

「え……？　あ……さすがにそこまではわからないですよ。幅が広いのが女性で、縦長なのが男性の仙骨らしいですが、そもそも比べて見たことがないので」

確かに僕は、学校で使われている骨格標本を、そのまま模してこの骨を作った。その骨格標本にも、勿論《もちろん》性別はあっただろうが、男性の骨か、女性の骨なのか、そこまではわからない。

「でも……なんとなく、女性かな？　って気がしています」

本当に、なんとなくだ。なんとなく優しい丸みを帯びているような気がして、僕はそう答えた。櫻子さんが再びにっこりと笑う。

「正解だよ。凄《すご》いじゃないか。もう一つ。男性の仙骨の方が後湾が強いと覚えておきなさい。だけどよく学んだようだね。感心だ」

「本当ですか？」

「ああ。大変良く出来ているよ。これは非常に嬉しい贈り物だ」

やった！　僕は心の中でガッツポーズをした。

「……それにしても、何故、仙骨なんだ？」

「え？　それは……ハートの形に、似てると思ったので」

バレンタインといえば、ハートじゃないか。

「きっかけは、本当にハートの形に似てるなって、磯崎先生の作業を手伝っている時に、なんとなく思ったんです。それで調べたら、仙骨はギリシャ語で、神聖なもの、強いものという意味だって知りました。古代エジプトで一番神聖な骨だと言われていたり、面白いなって……」

　櫻子さんは、また説明を始めた僕の話を、膝《ひざ》に頬杖《ほおづえ》をつくような形で、じっと耳を傾けていた。

「……あの？」

「いいよ。続けたまえ」

「……それに仙骨は最後まで、分解されずに残る骨だって——だからなんとなく、櫻子さんに似合うなって、思ったんです。櫻子さんはきっと、十年後も、五十年後も変わらない気がするから」

　そこまで言うと、櫻子さんが軽やかな笑い声をあげた。

「そんな事はない。私だって老いるよ」

「いいえ。確かに坊ちゃまの言うとおり、お嬢様は幼い頃からずっとお変わりありません。お姿はともかく、お心はどんなに時が経ってもお嬢様は、お嬢様だけはずっと、お嬢様のままでいらっしゃいますよ」

　そう後を続けてくれたのはばあやさんだ。

「それに、実はハートみたいな形だっていうのも、櫻子さんらしくないですか？」

　体の真ん中、いくつもの骨に覆われて、見えない頑《かたく》なハートは、不器用な優しさを胸に秘めた櫻子さんらしい気がする。

「そうか、私は仙骨なのか」

櫻子さんはそう呟《つぶや》いて、僕の作った骨の模型を眺めた——愛《いと》おしそうに。

「……少し、待っていなさい」

不意に櫻子さんは席を立つと、寝そべっていたヘクターが『散歩ですか？』と勘違いして、尻尾《しっぽ》をフリフリ追いかけてくるのを適当にあしらって、二階へと姿を消した。ややあって、彼女は小さなプラスティックケースを手に戻ってくる。

「これを、君に贈ろう」

「……これは？」

「末節骨だ。指先の骨だよ。第一関節。指の一番先端の骨だ。残念ながらシカの角を彫って作ったレプリカだがね」

「末節骨……」

それはまた、小さな骨のレプリカだった。ナメコとかしめじとか、キノコの形に少し似ている。

「なんの動物の骨なのかわかるか？」

「わかりません……でも、人の、ですか？　そうじゃなかったら、わざわざ模型なんか作らないでも、櫻子さんなら本当の標本を作るんじゃないでしょうか」

「なるほど。君にしては名推理だ。今日は冴《さ》えているじゃないか」

珍しく褒められて、こそばゆい気持ちだ。僕は櫻子さんと美しい末節骨を、顔を寄せ合うようにして眺めた。櫻子さんは紅茶の香りがする。

「……とても小さくて、ささやかな骨だがね。私はこの骨が大好きだ。この骨を持つ多くの動物が円錐《えんすい》形をしているんだがね。霊長類の中でも唯一人間だけが、先端が平らになっているんだよ。これこそが、人間が物を手にし、指先で愛《め》でる事が出来るという、特別な証《あかし》だと私は思っている」

そう言って櫻子さんは、綺麗《きれい》な指で末節骨を取りだした。光沢のある小さな骨を、慰《い》撫《ぶ》するように優しく触れる――何故だが、その仕草が妙に艶《なま》めかしくて、僕は慌てて目をそらした。

「こんなにも小さく、いじましい骨がね、私達に様々な事を伝えてくれる……どこか、君に似ているじゃないか」

「僕にですか？」

櫻子さんは頷《うなず》いて、また骨をケースに戻し、僕の掌ごとケースを包み込むようにして、末節骨を握らせる。櫻子さんの手は温かい。

「……それならもっと大きくて、格好いい骨が良かったです」

急に心拍数が上がって、耳まで赤くなるのを覚えながら、僕は拗《す》ねたようにそう言った。

〈参考文献〉
『骨単―ギリシャ語・ラテン語（語源から覚える解剖学英単語集（骨編））』原島広至、河合良訓監修（エヌ・ティー・エス）
『小さな骨の動物園』（INAX booklet）盛口満、西澤真樹子、相川稔、安田守、安部みき子、瀬戸山玄、建築・都市ワークショップ編集、石黒知子編集（INAX出版）
『食べて始まる食卓のホネ探検：ゲッチョ先生のホネコレクション（ゲッチョ先生の自然誌コレクション）』盛口満（少年写真新聞社）

＊本書の執筆に際し、取材にご協力頂きました方々に厚く御礼を申し上げます。

佐藤喜宣様（杏林大学医学部教授）
盛口満様（沖縄大学人文学部こども文化学科教授）
今井彰様

本書は書き下ろしです。
この作品はフィクションです。実在の人物、団体等とは一切関係ありません。

櫻子《さくらこ》さんの足下《あしもと》には死体《したい》が埋《う》まっている

謡《うた》う指先《ゆびさき》

太田紫織《おおたしおり》

平成27年 2月25日　初版発行

発行者●堀内大示

発行所●株式会社KADOKAWA
〒102-8177　東京都千代田区富士見2-13-3
電話 03-3238-8521（営業）
http://www.kadokawa.co.jp/

編集●角川書店
〒102-8078　東京都千代田区富士見1-8-19
電話 03-3238-8555（編集部）

角川文庫 19015

印刷所●株式会社暁印刷　製本所●株式会社ビルディング・ブックセンター

表紙画●和田三造

ISBN978-4-04-101632-9　C0193

角川文庫発刊に際して

角川源義

　第二次世界大戦の敗北は、軍事力の敗北であった以上に、私たちの若い文化力の敗退であった。私たちの文化が戦争に対して如何に無力であり、単なるあだ花に過ぎなかったかを、私たちは身を以て体験し痛感した。西洋近代文化の摂取にとって、明治以後八十年の歳月は決して短かすぎたとは言えない。にもかかわらず、近代文化の伝統を確立し、自由な批判と柔軟な良識に富む文化層として自らを形成することに私たちは失敗して来た。そしてこれは、各層への文化の普及滲透を任務とする出版人の責任でもあった。

　一九四五年以来、私たちは再び振出しに戻り、第一歩から踏み出すことを余儀なくされた。これは大きな不幸ではあるが、反面、これまでの混沌・未熟・歪曲の中にあった我が国の文化に秩序と確たる基礎を齎らすためには絶好の機会でもある。角川書店は、このような祖国の文化的危機にあたり、微力をも顧みず再建の礎石たるべき抱負と決意とをもって出発したが、ここに創立以来の念願を果すべく角川文庫を発刊する。これまで刊行されたあらゆる全集叢書文庫類の長所と短所とを検討し、古今東西の不朽の典籍を、良心的編集のもとに、廉価に、そして書架にふさわしい美本として、多くのひとびとに提供しようとする。しかし私たちは徒らに百科全書的な知識のジレッタントを作ることを目的とせず、あくまで祖国の文化に秩序と再建への道を示し、この文庫を角川書店の栄ある事業として、今後永久に継続発展せしめ、学芸と教養との殿堂として大成せんことを期したい。多くの読書子の愛情ある忠言と支持とによって、この希望と抱負とを完遂せしめられんことを願う。

一九四九年五月三日